D0463847

SERIE ∞ INFINITA

M

Isaac Palmiola

SECRET ACADEMY

LA ISLA FÉNIX

Montena

Papel certificado por el Forest Stewardship Council®

MIXTO
Papel procedente de
fuentes responsables
FSC® C117695
www.fsc.org

Penguin
Random House
Grupo Editorial

Quinta edición: octubre de 20166
Segunda reimpresión: marzo de 2021

© 2014, Isaac Palmiola, por el texto
© 2014, Lola Rodríguez, por las ilustraciones
© 2014, Penguin Random House Grupo Ediorial, S. A. U.
Travessera de Gràcia, 47-49. 08021 Barcelona

Printed in Spain – Impreso en España

ISBN: 978-84-15580-61-4
Depósito legal: B-876-2014

Compuesto en Compaginem Llibres, S. L.
Impreso en Limpergraf
Barberà del Vallès (Barcelona)

GT 8 0 6 1 B

A Laia.
A Marina.
A Èric.

Era un saco de huesos, más flaco que un coyote hambriento, y sus ojillos negros relucían con malicia, como si siempre estuviera tramando alguna travesura. En el barrio todo el mundo le conocía como el Rata, mote que se había ganado por sus enormes dientes, especialmente por las dos palas gigantes que sobresalían de su labio inferior y le daban aspecto de roedor.

—Tienes que hacerme un favor, Lucas —le dijo el Rata poniéndole una mano en el hombro—. Quédate ahí y vigila un momento.

Lucas tendría que habérselo olido. El Rata siempre andaba metiéndose en problemas, pero en aquel momento no sospechó nada raro. La calle estaba tranquila. Frente al supermercado se hallaba aparcada la furgoneta del reparto. El repartidor, un hombre gordo y calvo, estaba descargando las mercancías y las iba entrando en el almacén del supermercado.

Lucas se estaba preguntando qué habría para comer en casa cuando vio que el Rata entraba en la furgoneta. Aquello le sobresaltó, pero no tuvo tiempo de reaccionar. Al cabo de un instante, el Rata bajaba de la furgoneta cargado con dos enormes cajas que acababa de robar.

—¡Corre, Lucas! —le apremió mientras le endosaba una de las cajas.

En aquel preciso instante apareció el repartidor. Su mirada se cruzó con la de Lucas y se dio cuenta de lo que estaba ocurriendo.

—¡Ladrones! —gritó dando la alarma—. ¡Deteneos, ladrones!

Lucas vio como el repartidor se abalanzaba hacia él y no le quedó más remedio que correr calle abajo para que no le pillara. Aunque el Rata le llevaba bastante ventaja, Lucas era más rápido, de modo que en unos pocos segundos ya le había alcanzado. Se adentraron en una callejuela con la esperanza de despistar a su perseguidor, pero el repartidor seguía sus pasos y les amenazaba a gritos.

—¡Como os pille no os reconocerá ni vuestra madre, mocosos! —le oyeron vociferar.

Lucas y el Rata recorrieron varios callejones a toda velocidad, con el corazón en un puño y la respiración entrecortada. A sus doce años, eran bastante más ágiles que su perseguidor y empezaban a sacarle distancia. Parecía que iban a lograr escapar cuando al girar hacia la izquierda se encontraron con una desagradable sorpresa: el callejón no tenía salida.

—¡Estamos perdidos! —exclamó el Rata desesperado.

Era cierto. Oyeron unos pasos acercarse precipitadamente, y al cabo de pocos segundos apareció el repartidor cubriendo la única salida posible. El hombre se detuvo un instante para descansar. Tenía la cara roja como un tomate y apenas podía hablar porque le faltaba el aliento.

—Ya os tengo, ladronzuelos —consiguió decir con cara de pocos amigos—. Os prometo que nunca olvidaréis la paliza que os voy a dar...

El repartidor apretó sus puños y los huesos le crujieron amenazadoramente. Pese a que no era un hombre rápido porque estaba gordo, era una auténtica mole y parecía lo bastante fuerte como para enfrentarse a los dos sin demasiados problemas. Empezó a acercarse hacia ellos dispuesto a hacerles una cara nueva.

El Rata se quedó paralizado por el miedo, pero Lucas reaccionó. A sus espaldas había un muro de casi dos metros, y no se lo pensó dos veces. Lanzó la caja al otro lado y le pidió a su compañero que hiciera lo mismo.

—¡¿Qué hacéis, bellacos?! —gritó aún más enfadado el repartidor, y echó a correr hacia ellos.

Lucas se colocó las manos planas a la altura de la cintura y apremió al Rata para que se diera prisa.

—¡Vamos, sube! —le gritó.

El Rata colocó el pie encima de las manos de Lucas, y este lo propulsó en el aire. El Rata se agarró al extremo del muro y en unos segundos ya estaba al otro lado. Lucas se giró un instante y vio al transportista corriendo hacia él. Sus pesados pasos parecían retumbar como los de un elefante. Solo tendría una oportunidad si quería escapar: o conseguía agarrarse al muro de un solo salto o el transportista le haría papilla.

Lucas se concentró. Saltó hacia el muro con todas sus fuerzas, y sus manos consiguieron asirse al extremo. Trepó ágilmente, pero cuando estaba a punto de saltar al otro lado notó que algo aferraba su pie.

—¡Ya te tengo, niñato! —exclamó triunfalmente la voz del repartidor.

Lucas intentó liberarse de él, pero las manazas del transportista le agarraban como tenazas de hierro. Trató de aguantar, pero su adversario era más fuerte y tiraba de él sin piedad. Entonces tuvo una idea. Consiguió sacarse la zapatilla deslizando el pie y se deshizo del transportista. En un instante ya había saltado al otro lado del muro. Había perdido la zapatilla izquierda, pero por lo menos había escapado de una buena paliza.

—¡Me las pagaréis, malditos! —oyó gritar al enfurecido repartidor—. ¡Me he quedado con vuestras caras! ¿Me habéis oído? ¡Me he quedado con vuestras caras y os juro que me las pagaréis!

Lucas estaba convencido de que aquel hombre estaba demasiado gordo para escalar el muro, pero no se quedó allí para comprobarlo y empezó a alejarse tan rápido como le permitía su descalzo pie izquierdo. El estrecho callejón estaba flanqueado por dos edificios de viviendas exactamente iguales, con persianas verdes y diminutos balcones. En uno de ellos localizó un par de zapatillas viejas. No le habría resultado difícil escalar por la tubería y robarlas, pero pensó que ya se había metido en suficientes problemas aquella mañana. Aunque el Rata había desaparecido sin dejar rastro, Lucas tenía una vaga idea de dónde podría encontrarle. Su «amigo» no había estado nada bien metiéndole en aquel lío, y aún menos dejándole tirado en cuanto las cosas se habían puesto feas, así que decidió ir a buscarle para pedirle una explicación.

Caminar por la calle con un pie descalzo no resultó nada fácil. Lucas debía tener cuidado con no pisar los cristales rotos que había en la calle, y la planta del pie le dolía un poco al andar. El parque era el escondite favorito del Rata, y Lucas supuso que le encontraría allí. Tras pasar un rato inspeccionando todos los rincones, le encontró oculto entre unos arbustos hurgando en el interior de una de las cajas que acababa de robar.

—Gracias por esperarme. Ha sido un gesto muy amable por tu parte... —le reprochó Lucas.

—Estaba muy preocupado por ti —mintió el Rata—. Creía que te habían pillado.

El Rata cogió una de las cajas y se la ofreció.

—Toma, te corresponde la mitad del botín.

—No lo quiero —respondió Lucas—. ¿Es que se te ha ido la cabeza? Tenemos que devolver estas cajas al supermercado.

El Rata se echó a reír como si acabara de oír un chiste.

—¿Crees que he robado las cajas para devolverlas? Eso me convertiría en el ladrón más estúpido del planeta. —Entonces dejó de reír y bajó la voz como si quisiera contarle un secreto—. El contenido de estas cajas es muy valioso...

Lucas se dio cuenta de que ni tan siquiera había pensado en ello. Se fijó en una de las cajas y vio que tenía impresa la cara del doctor Kubrick, un hombre viejo y con pinta de loco que salía en la tele haciendo anuncios de caramelos.

—¿Los caramelos del doctor Kubrick? —preguntó Lucas sin poder creérselo—. ¿He perdido una zapatilla para que pudieras robar unos caramelos?

—Son mucho más que caramelos —objetó el Rata—. Gracias a ellos nos haremos ricos, puede que incluso famosos...

El Rata sacó uno de los caramelos que había en la caja. Eran de color rojo y estaban envueltos en un plástico transparente. En el interior había un pequeño cartón con una nota escrita.

—Léetelo —le pidió el Rata y se metió el caramelo en la boca.

Lucas cogió la nota y la leyó.

«¡Labra tu futuro en la Secret Academy!

»¿Quieres estudiar en la mejor escuela del mundo? Ahora tienes tu oportunidad. Saborea un caramelo del doctor Kubrick y si se vuelve de color azul conseguirás tu plaza. ¡Buena suerte!»

Lucas le devolvió el caramelo. Aquello de la Secret Academy le parecía poco más que una chorrada.

—¿Te crees que si vas a esa escuela vas a ser rico? —le preguntó Lucas.

—Rico y famoso —respondió el Rata—. Vivimos en el peor barrio de Barcelona, y nuestro instituto es una auténtica birria. Estudiando aquí nunca llegaremos a ninguna parte. En cambio, seguro que si entramos en esta academia tendremos un buen curro: despacho propio, una secretaria maciza, nos vestiremos con traje y corbata, jugaremos al golf los domingos por la mañana y no pegaremos ni el sello.

—¿Es eso lo que realmente quieres? —dijo Lucas.

—No, prefiero ser tan Pringado como mis padres, que no tienen ni pasta para comprarse un coche o ir de vacaciones... Toma, a ver si tienes potra... —dijo el Rata ofreciéndole uno de los caramelos del doctor Kubrick.

—Puedes quedarte con tus caramelitos —replicó Lucas—. Yo me voy a mi casa.

Al Rata pareció no importarle el rechazo de Lucas. Sacó el caramelo que tenía en la boca y lo miró. Seguía siendo de color rojo.

—Bueno, este no cambia de color, pero por lo menos hay mil caramelos más en las cajas. Seguro que alguno se vuelve azul.

Por mucho que lo intentara, Lucas no conseguía imaginárselo con traje y corbata, y aún menos jugando al golf. El Rata era tan ingenuo que ni tan siquiera valía la pena enfadarse con él.

Lucas entró en casa tan silenciosamente como pudo. Su madre estaba haciendo la comida en la cocina, y corrió hacia su habitación para ponerse sus zapatillas viejas. Tenían un par de agujeros, pero resultaban lo bastante cómodas siempre y cuando no lloviera. Aún no sabía cómo explicar en casa que había perdido una zapatilla. Si sus padres se enteraban se enfadarían mucho con él. Las cosas no les iban demasiado bien. El padre de Lucas era albañil y ya llevaba más de un año sin trabajo, mientras que su madre limpiaba casas en un barrio de ricos de Barcelona. Aquello no daba para mucho, y comprar unas zapatillas nuevas era un lujo que no podían permitirse demasiado a menudo.

Lucas salió de su habitación para saludar a su madre. Antes de entrar en la cocina ya supo que habría macarrones para comer. El olor de su plato favorito era inconfundible, y el hambre hizo que sus tripas rugieran ferozmente.

—Tu padre estará al llegar —le dijo su madre—. Si quieres puedes empezar a comer.

Era una propuesta demasiado tentadora, y Lucas comenzó a devorar el plato de macarrones que su madre dejó encima de la mesa. Aún no había terminado cuando se abrió la puerta de casa. El padre de Lucas estaba de buen humor. Un amigo le había hablado de un trabajo muy interesante y para celebrarlo había comprado un regalito para su hijo.

—Te he traído uno de esos caramelos que anuncian en la tele —explicó—. Se ve que si se vuelven de color azul te aceptan en el mejor colegio del mundo. Creo que se llama Secret Academy o algo así...

Lucas se dio cuenta de que aquello no le gustaba nada a su madre. Cruzó los brazos y miró severamente a su marido.

—¿Y eso dónde está? —preguntó.

—No tengo ni idea, supongo que en el extranjero... —respondió su padre sentándose en la silla.

—¿Y quieres que tu hijo se vaya a estudiar al extranjero? Aún es demasiado joven para irse de casa —replicó enfadada.

—Solo es un caramelo, Nuria. Pensé que a Lucas le haría gracia —dijo su padre casi disculpándose—. A ver, hijo, ¿quieres ese caramelo o no?

Lucas sintió que la severa mirada de su madre se clavaba en él. Sus ojos de color miel, habitualmente dulces y cálidos, solían oscurecerse cuando se enfadaba. Aquel era uno de esos momentos.

—Seguro que en ese colegio no sirven unos macarrones como los de mamá. Estoy muy bien aquí —respondió Lucas.

—Pues no se hable más —sentenció su padre, y entró en la cocina para tirar el caramelo al cubo de la basura.

La decisión de Lucas complació mucho a su madre, que quiso recompensarle llenándole el plato con dos cucharadas más de macarrones. De segundo había albóndigas, y también le obligó a repetir, pese a que Lucas ya estaba lleno.

—¿Por qué me cebas tanto, mamá? A veces me siento como un cochino al que quieres engordar —bromeó Lucas con la tripa llena.

—Necesitas alimentarte bien, hijo —se limitó a responder ella con una sonrisa en la cara.

Después de comer, Lucas salió a la calle para estirar las piernas. Sus pasos le llevaron de vuelta al parque. Encontró al Rata en el mismo sitio, tumbado en el césped y con la cara muy pálida. Había dejado el lugar hecho un asco. Centenares de caramelos del doctor Kubrick, con sus respectivos plásticos y cartoncitos, estaban desperdigados por el suelo. El Rata le miró con sus ojillos negros. Parecía encontrarse mal.

—Esto es un timo —dijo con voz débil—. Me he comido más de quinientos caramelos, y ninguno se ha vuelto azul.

—Tendrás que seguir estudiando en nuestra birria de instituto —se burló Lucas.

—Además, están malísimos —continuó el Rata sin hacer caso de su comentario—. Y me han sentado fatal. La barriga me duele horrores.

—Llamaré una ambulancia y contaremos todo lo que ha pasado a la policía...

El Rata se incorporó alarmado. No podía creerse que Lucas fuera capaz de aquello. Cuando se fijó en su expresión socarrona se dio cuenta de que le estaba tomando el pelo.

—¡Piérdete por ahí y déjame en paz! —le maldijo el Rata y volvió a tumbarse en el césped.

Lucas tenía aún una sonrisa grabada en la cara cuando empezó a alejarse. No estaba bien burlarse de las desgracias de los demás, pero el Rata tenía bien merecido aquel dolor de barriga.

Lucas pasó la tarde jugando al fútbol con los amigos del barrio y cuando empezó a oscurecer regresó a casa. Por simple curiosidad, se conectó a internet y buscó información en Google sobre la Secret Academy. No había ninguna página oficial, solo foros donde la gente maldecía al doctor Kubrick por haber fabricado unos caramelos asquerosos que nunca cambiaban de color. Entonces cenó, vio la tele un rato y se encerró en su habitación para leer *Ulysses Moore*, una saga de libros de misterio que le tenía totalmente enganchado. Terminó el séptimo volumen y cerró la luz para ponerse a dormir. Pasaron los minutos, incluso las horas, pero el sueño no venía. Lucas pensó que estaba inquieto porque el verano se estaba terminando y en un par de semanas tendría que volver al instituto, pero había algo más en su cabeza.

Finalmente, y tras darle muchas vueltas, decidió levantarse de la cama. Abrió la puerta sigilosamente y caminó por el pasillo con la luz apagada y procurando no hacer ningún ruido que pudiera despertar a sus padres. Entró en la cocina y se dirigió directamente hacia el fregadero. Debajo estaba el cubo de la basura. Se encontraba lleno de desperdicios, pero Lucas se alegró de que aquella noche no lo hubieran tirado en el contenedor de la esquina. Con repugnancia, introdujo el brazo en el interior y empezó a hurgar entre los desechos. Tras unos instantes que le parecieron eternos, consiguió encontrar el caramelo del doctor Kubrick entre restos de café, cáscaras de huevo, huesos de pollo y otras porquerías que no quiso identificar.

Lucas se sentía culpable por aquello, como si estuviera traicionando a su madre, pero rompió el plástico y se metió el caramelo en la boca. El Rata tenía razón. Los caramelos del doctor Kubrick sabían a rayos. Con una mueca de asco se lo quitó de la boca y lo echó en el cubo. Entonces se quedó sin respiración. No podía creer lo que veían sus ojos. El caramelo se había vuelto de color azul.

CAPÍTULO 2

«Ve con mil ojos, chaval.»

CONTRATO PARA ALUMNOS DE LA SECRET ACADEMY

*EL CURSO ESCOLAR EMPIEZA EN SEPTIEMBRE Y TERMINA EN JULIO. LOS ALUMNOS PODRÁN PASAR LAS VACACIONES CON SUS FAMILIAS DURANTE EL VERANO.

*LA LOCALIZACIÓN DE LA ACADEMIA PERMANECERÁ EN SECRETO Y NO SE ADMITIRÁN VISITAS DE NINGUNA CLASE. LOS ALUMNOS PODRÁN COMUNICARSE CON SUS PROGENITORES POR WEBCAM UNA VEZ AL DÍA.

*LOS ALUMNOS TENDRÁN PROHIBIDO DIVULGAR LOS MÉTODOS DE ENSEÑANZA Y LA NATURALEZA DE LOS EXPERIMENTOS CIENTÍFICOS QUE DESARROLLEN A NADIE AJENO A LA ESCUELA, INCLUYENDO A PADRES,

AMIGOS Y FAMILIARES. EL QUEBRAMIENTO DE ESTA NORMA SUPONDRÁ LA EXPULSIÓN INMEDIATA DEL ALUMNO Y UNA DEMANDA JUDICIAL CONTRA SU FAMILIA.

*LOS ALUMNOS QUE APRUEBEN EL CURSO SERÁN GRATIFICADOS CON 50.000 € PARA QUE PASEN LAS VACACIONES JUNTO A SU FAMILIA.

Firmado:

Don Jaime Aguilar (padre)

Doña Nuria Cruz (madre)

Don Lucas Aguilar (alumno) *Lucas Aguilar*

Lucas estaba tan nervioso que no conseguía hacer pis. El bote que tenía que llenar con su orina era bastante pequeño, pero no había forma de conseguirlo. Cerró los ojos y pensó en grandes fuentes de agua, océanos inacabables, cascadas gigantescas, ríos bravos y estanques cristalinos. Estaba a punto de lograrlo cuando alguien golpeó la puerta del baño.

—¡Vamos, Lucas! —le apremió la voz de su madre—. ¡La doctora está esperando!

—¡Un momento! —gritó Lucas de mal humor.

La voz de su madre le había cortado las ganas, y tendría que empezar de nuevo. Esta vez optó por una táctica infalible. Abrió el agua del grifo y bebió durante un minuto seguido, casi sin respirar. Entonces volvió a cerrar los ojos, visualizó el goteo de una estalactita de hielo y sintió que, por fin, lograba su cometido. Cerró el bote cuidadosamente, se lavó las manos y salió del lavabo. Su madre estaba justo delante de la puerta, mirándolo con impaciencia.

—¿Se puede saber por qué has tardado tanto? —le riñó.

«Porque podía notarte pegada a la puerta», pensó, pero no se lo dijo. Desde que Lucas le había mostrado el caramelo del doctor Kubrick que se había vuelto azul, la pobre mujer estaba muy inquieta.

Los dos regresaron al comedor donde aguardaban pacientemente el padre de Lucas y los dos extraños que acababan de llegar a su casa. La doctora Shelley era una mujer de unos treinta años con las mejillas hundidas y el pelo negro como el carbón. Delgada y con el pecho tan plano como una tabla de surf, tenía una figura atlética y musculosa, más propia de una corredora de fondo que de una doctora.

—¿Ya has acabado? —preguntó con voz tranquila.

Lucas asintió con la cabeza. El bote, lleno de orina, estaba desagradablemente caliente, y notó que enrojecía de vergüenza cuando se lo entregó a la doctora. La mujer lo examinó y lo guardó en un contenedor que parecía una especie de nevera portátil.

Lucas se sentía incómodo por la presencia de la doctora Shelley, pero aún más por el hombretón que la había acompañado.

Era alto como un jugador de baloncesto y robusto como uno de rugby. Vestía traje negro y corbata, y lucía una perilla meticulosamente recortada. Silencioso como la muerte, no había abierto la boca desde que había entrado en casa, pero lo que más le preocupaba a Lucas era el bulto que sobresalía en el lado izquierdo de su americana. Podía tratarse de cualquier cosa, pero Lucas imaginó que el tipo llevaba una pistola encima.

—Siéntate delante de mí, por favor —ordenó la doctora Shelley—. Necesito una muestra de tu saliva...

Lucas obedeció abriendo la boca de par en par. La doctora introdujo una especie de palillo, lo pasó por sus encías y lo guardó en una bolsita de plástico parecida a las que usa la policía para guardar pruebas en una escena del crimen. La cerró herméticamente y la guardó en el contenedor.

—Y ahora solo faltará el análisis de sangre... —declaró.

Lucas empalideció cuando vio la aguja que sacó la doctora Shelley. Las odiaba profundamente y siempre había detestado que le sacaran sangre o que le pusieran inyecciones.

—¿Es necesario? —intentó protestar.

—Órdenes del doctor Kubrick —respondió la doctora Shelley—. Ningún alumno puede matricularse en la Secret Academy sin haberse hecho la revisión médica...

—Mi hijo aún no sabe si va a ir a esa escuela —intervino la madre de Lucas—. Aún no lo hemos decidido...

La doctora le dirigió una mirada tranquila.

—Mi trabajo consiste en realizar un examen médico del aspirante, nada más. Lo que decidan hacer ustedes es cosa suya... —explicó—. ¿Listo, Lucas?

Cogió aire y cerró los ojos. Había descubierto que si no miraba la aguja se mareaba menos. Notó que la doctora le frotaba el brazo con alcohol y sintió un leve pinchazo. Intentó mantener la mente en blanco, pero imaginó cómo la aguja penetraba en la vena y succionaba la sangre.

—Ya está —dijo finalmente la doctora Shelley.

Lucas abrió los ojos y vio como guardaba en el contenedor la muestra de su sangre. Sujetó el algodón donde le había pinchado y notó que tenía la frente empapada de sudor frío.

—Estás pálido, Lucas. ¿Te encuentras bien? —le preguntó su madre.

—Un poco de azúcar y estará como nuevo —intervino la doctora.

—¡Vengo en un minuto!

La madre de Lucas salió del comedor dando rápidas zancadas y entró en la cocina. El ruido del exprimidor de naranjas evidenció lo que estaba haciendo. En menos de un minuto la mujer regresó con un vaso lleno de zumo de naranja y se lo dio a Lucas, que, como siempre, lo engulló de un solo trago.

—Gracias, mamá —le dijo relamiéndose los labios.

La doctora Shelley indicó a su acompañante que cogiera el contenedor donde había guardado las muestras de sangre, saliva y orín de Lucas y se levantó de la silla.

—En tres días tendremos los resultados del análisis —les explicó—. Si son correctos recibirán una carta del doctor Kubrick invitando a Lucas a ingresar en la Secret Academy.

La doctora se dirigió hacia la salida, pero la madre de Lucas la detuvo.

—No sabemos nada de esta escuela —se lamentó—. Mi hijo la ha buscado en internet, pero no hay nada de nada... Ni tan siquiera sabemos dónde está...

—Lo siento, no estoy autorizada a darles ninguna información —respondió—. Solo puedo decirles que los alumnos estarán acomodados en unas instalaciones de lujo y que el profesorado es excelente.

La doctora Shelley dio por zanjada la conversación e hizo ademán de encaminarse hacia la puerta. La madre de Lucas acompañó a los dos visitantes hacia la salida y dejó solos en el comedor a Lucas y a su padre.

—¿Qué te ha parecido?

—Demasiado misterio para mi gusto —admitió su padre, que había estado observándolo todo en silencio—. Está claro que esconden algo, pero eso no significa que tengan malas intenciones ni que estudiar en ese colegio no sea bueno para ti... Tu madre te recomendará que no vayas porque quiere tenerte a su lado, pero debes ser tú el que tome la decisión.

Lucas se pasó las manos por la cara, confuso. El zumo de naranja le había sentado bien, pero aún se sentía un poco mareado.

Al cabo de unos momentos, su madre regresó al comedor.

—No me ha gustado nada —soltó de sopetón—. Esa doctora era fría como el hielo, y el bestia que la acompañaba parecía un matón. Lucas, me parece que lo mejor será que nos olvidemos de esa aventura disparatada...

Lucas esbozó una amplia sonrisa. El pronóstico de su padre había sido acertado.

—Ya veremos, mamá —respondió—. Ni siquiera he pasado el reconocimiento médico...

—Lo pasarás, hijo —aseguró—. En esta casa te hemos criado bien. Estás fuerte como un roble.

La madre de Lucas acertó. Tres días después llegó a casa una carta certificada para el señor Lucas Aguilar sellada con el logo de la academia. En el interior del sobre había tres billetes de avión para viajar a Lisboa, un contrato y una carta firmada por el doctor Kubrick. Lucas notó como se le aceleraba el corazón cuando la abrió para leerla.

Querido Lucas:

Soy un hombre viejo y sé que el futuro no me pertenece a mí, sino a los muchachos jóvenes como tú. Muy pronto los chicos y chicas de tu generación deberán tomar las riendas del mundo y tratar de solucionar sus problemas. No me cabe duda de que no será una tarea fácil, pero estoy dispuesto a poner mi granito de arena para allanaros el camino.

La Secret Academy nace con el ideal de formar a jóvenes más buenos, más valientes y más sabios para que rijan el destino de la humanidad.

Si deseas un mundo mejor, al igual que yo, te ruego con todo mi corazón que aceptes mi invitación y vengas a estudiar en la Secret Academy.

Afectuosamente,
doctor Kubrick

Kubrick

P. D.: Te mando unos billetes de avión para que puedas viajar a Lisboa acompañado de tus padres. Allí tomarás un barco que te llevará, junto a todos tus compañeros, a la academia. ¡Importante!: ¡no olvides traer el contrato firmado!

La carta del doctor Kubrick causó mucho revuelo en casa. La madre de Lucas leyó el contrato una y otra vez, pero por mucho que lo releyera seguía teniendo miles de preguntas sin respuesta.

—Pero ¿dónde está esta academia? ¿Cómo vamos a dejar que vaya a un lugar que ni tan siquiera conocemos? ¿Y qué clase de colegio no permite que los padres lo visiten? —se quejaba en voz alta—. ¿Y qué van a estudiar exactamente? ¿A qué viene tanto secreto?

El padre de Lucas también se hacía las mismas preguntas, pero sus reflexiones eran silenciosas.

—¿Y esa locura de darnos cincuenta mil euros por irnos de vacaciones? —continuó su madre alterada—. Parece que quieran comprarnos a nuestro hijo...

—En el contrato dice que podremos hablar cada día por webcam —argumentó Lucas—. Incluso nos veríamos las caras...

La madre de Lucas no respondió. En lugar de ello, empezó a sollozar desconsoladamente hasta que rompió en un llanto incontrolable.

—No llores, mamá. Aún no hemos decidido nada... —le dijo.

—Es que no lo veo claro... —Su madre sollozó de nuevo.

Tenía los ojos enrojecidos y la cara bañada en lágrimas. Lucas se sentó a su lado y le rodeó la espalda con el brazo.

—Si no quieres que vaya, no estudiaré en esa escuela —le prometió Lucas.

—Gracias, hijo —respondió su madre, y le abrazó muy fuerte.

Pese a la promesa, Lucas no podía dejar de pensar en la Secret Academy. Había demasiados interrogantes, pero le atraía la idea de ir a un lugar diferente y aprender cosas nuevas. Se pasó un buen rato tratando de descargarse un programa para poder hablar con webcam, pero el ordenador de segunda mano que tenían en casa era prehistórico, no tenía cámara y la conexión a internet era exasperantemente lenta. Tenía que empezar a hacerse a la idea de que su lugar estaba en aquella casa, estudiando en el instituto del barrio y viviendo con sus padres.

Lucas se puso un pantalón corto y una camiseta, y salió de casa. Mientras andaba por la calle vio a un hombre con el pelo blanco que se le quedaba mirando. El tipo no le sonaba de nada y, como en el barrio casi todos se conocían, Lucas pensó que debía de tratarse de alguien de fuera. No le dio ninguna importancia y se encaminó hacia el instituto. Saltó la verja y se unió al partido que sus amigos estaban disputando en la pista de fútbol sala. Durante una pausa, mientras todos hacían cola para beber agua de la fuente, a Lucas le pareció ver de lejos al mismo hombre, observándole desde detrás de la verja. Fue hacia él para pedirle explicaciones, pero el tipo se largó en cuanto le vio acercarse. Lucas siguió jugando al fútbol tranquilamente e incluso metió cuatro goles, pero el incidente le había dejado intranquilo.

Al cabo de unas horas Lucas decidió regresar a casa. Estaba cansado, y su cuerpo pedía a gritos una ducha de agua fría. Al cruzar una esquina casi se topó de bruces con el hombre que había estado siguiéndole. Era más joven de lo que había creído en un principio. Apenas debía superar los treinta años, pero su pelo estaba casi totalmente blanco, con unos pocos mechones rojizos que se empeñaban en recordar su color original. El hombre se encontraba apoyado contra la pared de un bloque de pisos con un cigarrillo en la mano. Lo chupó tranquilamente y expulsó el humo por la boca y la nariz. Tenía una mirada extraña, con unos ojos de un color violeta azulado cargados de misterio.

Lucas se detuvo bruscamente al verle. Un destello de miedo se reflejó en su rostro durante un instante, pero recuperó la compostura. Si algo había aprendido viviendo en aquel barrio era que tenía que mostrarse seguro ante los desconocidos.

—¿Por qué me sigues? —le dijo.

El hombre dio otra calada al cigarrillo, lo tiró al suelo y lo aplastó con el zapato.

—Vete con mil ojos, chaval —le advirtió.

Entonces le dio la espalda y empezó a alejarse.

—¿Qué quieres decir? ¿Quién eres? —gritó Lucas, pero el hombre cruzó la calle impasible y ni tan siquiera se dignó darse la vuelta.

Lucas optó por seguir su camino y regresó a casa. Abrió el portal con la llave y desde el rellano pudo oír los gritos de su madre. Durante los últimos meses una banda de ladrones había estado robando en el vecindario. Entraban en las casas y desvalijaban todo lo que había de valor. Lucas no se lo pensó dos veces. No había tiempo para coger el ascensor, y subió por las escaleras los cuatro pisos corriendo tan rápido como podía. La puerta de su casa estaba abierta, y oyó la voz de su madre discutiendo con alguien. Irrumpió en el interior como un rayo, dispuesto a enfrentarse a quien fuera, pero su presencia apenas fue percibida.

La madre de Lucas estaba enfrascada en una discusión con unos hombres vestidos con monos de trabajo. Su padre intentaba calmarla, pero ella no daba su brazo a torcer.

—¡Nosotros no hemos pedido nada de todo esto! ¡Hagan el favor de llevárselo! —gritó mientras señalaba una caja que había en el suelo.

Lucas se fijó en que se trataba de un ordenador y respiró aliviado. Aquellos tipos no parecían ladrones.

—Pero, señora, a nosotros nos han mandado que trajéramos esto... —objetó uno de los técnicos.

—¿Quién os lo ha mandado? Yo no he sido, mi marido tampoco... ¿Has sido tú, Lucas?

Lucas negó con la cabeza.

—Esto debe de ser cosa del doctor Turbick o Kurbick o como se llame —intervino el padre de Lucas—. Nos trae un ordenador para que podamos hablar con nuestro hijo si se va a esa escuela...

—Nadie ha dicho que Lucas vaya a estudiar allí. ¡Llévenselo ahora mismo! —ordenó su madre.

—El ordenador ya está pagado —respondió otro técnico—. Pueden venderlo si no lo quieren...

—Nuria, tenemos que hablar —dijo el padre de Lucas muy serio—. Hijo, acompáñales a tu habitación para que instalen ese chisme...

Lucas hizo lo que le pedía, aunque hubiera preferido escuchar la conversación de sus padres. Limpió un poco su mesa de escritorio, y los técnicos instalaron allí mismo el ordenador. Aquella máquina era una auténtica pasada, con una pantalla aún más grande que la tele que tenían en el comedor. Al parecer, el padre de Lucas debía de estar en lo cierto, porque los informáticos instalaron un programa para poder hablar por webcam.

Al cabo de un rato, los técnicos terminaron la instalación y se fueron del piso. Lucas esperó que sus padres acabaran de hablar mientras probaba el ordenador. La conexión a internet funcionaba mucho mejor, y todos los programas se cargaban en un santiamén.

Pocos minutos después, llamaron a la puerta de su cuarto.

—Entrad —les pidió Lucas.

Sus padres estaban cabizbajos, con un aire tan transcendental que le asustó un poco.

—Tu padre cree que esa escuela es una buena oportunidad para ti —dijo su madre—. Yo tengo miedo, porque no sabemos adónde te llevan. Pero hemos llegado a un acuerdo. Si podemos recibir noticias tuyas cada semana, podrás marcharte. Pero si una semana no llegan las noticias, llamaremos a la policía inmediatamente...

—Toma, hijo —añadió su padre, y le entregó una hoja de papel.

Era el contrato de la Secret Academy. Sus padres lo acababan de firmar. Solo faltaba la firma de Lucas y se convertiría en alumno de la misteriosa escuela.

CAPÍTULO 3

*«Tu mejilla se acuerda muy bien
de quién es Úrsula.»*

Quince días después, Lucas se encontraba en la ciudad portuaria de Lisboa con una mochila colgada en la espalda y el contrato de la Secret Academy en la mano. Sus padres le habían mimado hasta la saciedad durante las últimas dos semanas, especialmente su madre, que le había cebado obligándole a comer abundante comida, como si en la Secret Academy planearan matarle de hambre. Ni tan siquiera se enfadaron cuando Lucas confesó que había perdido una de sus zapatillas, y le compraron otro par sin hacerle preguntas quisquillosas.

El barco que Lucas tenía que tomar estaba a punto de zarpar, y había llegado el momento de despedirse.

—La vida suele dar pocas oportunidades, hijo —le dijo su padre—. Solo los listos saben aprovecharlas, y sé que tú eres uno de ellos.

Lucas le dio un fuerte abrazo y miró a su madre. Estaba sollozando, pero aquello no era ninguna novedad. Desde que sabía que su hijo estudiaría en la Secret Academy lloraba bastante a menudo. A Lucas le rompía el corazón verla tan triste y para quitarle hierro al asunto solía bromear un poco: «Mamá, haces que me sienta como un soldado que se va a la guerra». Entonces la abrazaba y dejaba que ella le acariciara el pelo un rato.

—Prométeme que comerás bien —le dijo su madre estrechándole entre sus brazos.

—Te lo prometo —respondió Lucas, aunque sabía que la insistencia de su madre con la comida solo era su forma de decirle que le quería y que le echaría de menos.

La sirena volvió a llamar a los pasajeros. Tenía que marcharse si no quería perder el barco.

—¡Os quiero! —exclamó Lucas con una sonrisa en la cara, y se dirigió hacia la pasarela.

Lucas se había hecho el fuerte delante de sus padres, pero todo aquello le venía grande. Las piernas le temblaban mientras subía la rampa. Nunca en su vida había salido de España y en un solo día había cogido un avión de Barcelona a Lisboa y ahora estaba a punto de viajar en un barco que le llevaría hasta el lugar secreto donde se ubicaba la Secret Academy.

Lucas subió la rampa hasta la cubierta. Un hombre controlaba la autenticidad de los contratos y autorizaba a pasar a los futuros alumnos. Cogió el contrato de Lucas y lo examinó brevemente.

—Bienvenido —le dijo, y se apartó un poco para que pudiera pasar.

El barco no era tan grande como los inmensos cruceros que Lucas había visto por la tele, pero impresionaba. Se agarró a la barandilla y buscó a sus padres con la mirada. Desde allí arriba parecían pequeños, y los saludó con la mano esforzándose en sonreír. Por un instante, sintió el repentino deseo de bajar otra vez por la pasarela y regresar junto a ellos, pero era demasiado tarde. Unos marineros retiraron la rampa, y el ruido del motor se intensificó. En breves instantes ya estarían navegando por el océano Atlántico.

—Lucas Aguilar —le llamó un hombre que estaba a su lado consultando una lista—, ven conmigo, te acompañaré hasta tu camarote.

Lucas saludó a sus padres por última vez y le siguió con la mochila a la espalda. Cruzaron la cubierta y entraron en la superestructura, pintada de un blanco brillante. El interior era moderno y lujoso. Había un amplio comedor repleto de mesas de cristal y sillones de terciopelo. Pese a que había ascensores, el hombre de la lista le condujo por las escaleras. Bajaron dos plantas y llegaron hasta el pasadizo de los camarotes. Lucas se fijó en que el lugar estaba repleto de chicos y chicas de su misma edad entrando y saliendo de sus habitaciones. El hombre abrió una puerta y le indicó que ya podía entrar.

—Compartirás habitación con un chico que se llama Martin —le explicó el hombre de la lista.

Lucas entró en su camarote y vio al tal Martin tumbado en la litera superior leyendo en una tablet y escuchando música con unos cascos. Llevaba un peinado sofisticado, con el pelo rubio fijado con laca brillante.

—Dormirás debajo de mí —le informó sin molestarse ni en mirarle.

—Me llamo Lucas —se presentó, y se acercó a la litera para darle la mano.

Martin se quitó los cascos y le miró con desprecio de arriba a bajo.

—Ya veo que me ha tocado compartir habitación con un Pringado —le dijo negándose a darle la mano—. ¿Por qué vas vestido así? ¿Acaso tus padres son rateros?

Lucas no podía creer lo que acababa de oír.

—¿Qué has dicho? —preguntó.

Martin se bajó de la litera y se encaró a Lucas. Era ligeramente más alto que él y parecía un chico fuerte.

—¿Estás sordo? —preguntó a un palmo de su cara—. He dicho que si tus padres son unos rateros.

Lucas tenía buen carácter y no solía enfadarse, incluso era capaz de soportar jugarretas como las del Rata sin perder los estribos, pero que se metieran con sus padres ya era otra cosa. Le agarró del cuello de la camisa y levantó el puño derecho, preparado para darle si aquel engreído insistía en provocarle.

—¿A qué esperas? ¡Pégame un puñetazo, venga! —le retó Martin—. Mi abuelo es el doctor Kubrick. Hazlo, y me aseguraré de que te expulsen de la Academia...

Lucas apretó la mandíbula y tensó los músculos de todo su cuerpo. No había nada en el mundo que le apeteciera más que borrar la expresión desafiante de aquel cretino de un buen puñetazo, pero en aquel momento pensó en su padre. Sus últimas palabras habían sido para pedirle que fuera listo y aprovechara aquella oportunidad, refiriéndose a las pocas oportunidades que da la vida. No podía echarlo todo a perder por una riña infantil. Respiró hondo para calmarse y bajó el puño.

—Así me gusta, Pringado. —Martin sonrió complacido.

Lucas decidió ignorarle. Difícilmente conseguiría hacerse amigo de su compañero de camarote, pero se esforzaría en guardar las formas. Deshizo la maleta y guardó sus cosas donde pudo. Pese a que Martin había ocupado casi todo el espacio, Lucas optó por no protestar para ahorrarse más problemas. Cuando hubo terminado, salió del camarote para no tener que aguantar más a aquel pijo insufrible.

Lucas salió al pasillo de las habitaciones y se dirigió hacia cubierta. Por el camino se encontró con una chica delante de un camarote con la puerta abierta. Era pelirroja, pecosa, y tenía unos hermosos ojos de color verde que se achinaron ligeramente cuando le sonrió. Su aspecto era tan afable que Lucas tuvo la sensación de que la conocía de toda la vida.

—Me llamo Rowling y soy irlandesa —le saludó estrechándole la mano.

—Lucas, de Barcelona —se presentó.

—Vamos a desayunar, ¿te vienes con nosotras?

Rowling se refería a Úrsula, la chica que acababa de salir del camarote. A diferencia de Rowling, que llevaba margaritas en el pelo y un vestido de colores alegres, aquella chica vestía con ropa oscura, se pintaba las uñas de negro y se maquillaba con sombra de ojos.

—Encantada —le dijo, y le dio un beso en cada mejilla.

Los tres se dirigieron hacia las escaleras charlando tranquilamente. A Rowling le había extrañado que se hubieran besado sin conocerse de nada, y Lucas y Úrsula le explicaron que aquello era lo normal tanto en Barcelona como en Milán, la ciudad donde había nacido la chica italiana.

Subieron las dos plantas por las escaleras de caracol hasta llegar al comedor. Algunos de los futuros alumnos de la Secret Academy ya estaban allí, haciendo cola para tomar el desayuno. Lucas se fijó en que todos ellos debían de tener entre once y trece años.

—Es raro que ningún niño más pequeño encontrara uno de los caramelos que cambiaba de color —comentó en voz alta mientras cogía una bandeja—. Aquí todos tenemos la misma edad.

—Es verdad, qué curioso... —observó Úrsula.

El desayuno era una especie de self-service donde cada uno podía escoger lo que se le antojara. Había bocadillos, tostadas con mantequilla, cereales, todo tipo de frutas y gran variedad de pasteles. Todos los alumnos formaban una cola uniforme e iban colocando lo que les apetecía en una bandeja.

Lucas aprovechó para saludar a algunos de sus futuros compañeros, como Tolkien, un chico enclenque y con gafas que tenía las piernas tan delgadas como palillos, o Margared, una chica negra que lucía un espectacular peinado a lo afro. La mayoría de ellos parecían simpáticos y respetaban la cola.

Entonces Martin hizo acto de aparición. Se abrió paso a codazos mientras llenaba su bandeja hasta los topes. Úrsula estaba cogiendo un vaso de zumo de naranja cuando recibió un empujón de Martin, con tan mala suerte que parte del zumo salpicó la americana del chico.

—Lo siento, no te he visto llegar —se disculpó Úrsula.

—¡Maldita estúpida, me has manchado! —exclamó Martin.

—A mí nadie me llama estúpida —replicó Úrsula y, ante la sorpresa de todos, vació el vaso de zumo en la cara de Martin.

Algunos de los chicos y chicas que presenciaron la escena estallaron en carcajadas, pero a Lucas no le hizo ninguna gracia. Depositó su bandeja encima de un cajón lleno de bocadillos de salami y trató de advertir a Úrsula.

—Ten cuidado, es el nieto del doctor Kubrick —le susurró.

—¡Como si es el príncipe de Inglaterra, me da igual! —respondió Úrsula, muy alterada.

Martin se secó el zumo de naranja que tenía por toda la cara y le dedicó una mirada furiosa.

—Discúlpate o tendré que pegarte una paliza —le amenazó.

—Empieza cuando quieras —contestó Úrsula, y giró la cara de Martin de un fuerte bofetón.

Lucas se interpuso entre los dos para evitar que se pelearan. Martin trató de apartarle, y Lucas consiguió mantener el equilibrio a duras penas. Por suerte, otros chicos acudieron de inmediato para sujetarle. Martin estaba fuerte y apartaba a manotazos a todo aquel que intentaba detenerle. El pobre

Tolkien era tan pequeño que se fue al suelo de un empujón, y la bandeja de Moorcock salió volando por los aires, pero al final lograron reducirle.

—¡Eres escoria, y te voy a aplastar! —le gritó Martin mientras se lo llevaban entre tres—. ¡Voy a hacer que te expulsen de la academia!

Se había puesto rojo como un tomate, y sus ojos azules soltaban chispas de rabia. Finalmente, se sentó a una mesa y pareció calmarse un poco, aunque no dejó de mirar en su dirección con rencor.

Lucas, Rowling y Úrsula acabaron de recoger el desayuno y se sentaron a la mesa que estaba más alejada de Martin. A Úrsula aún le temblaban las manos de lo nerviosa que se había puesto.

—Mi padre siempre me dice que tengo que contar hasta diez antes de actuar. No tendría que haberle soltado el bofetón...

—Se lo ha buscado —dijo Lucas—. No es más que un pijo creído.

—A mí me ha parecido bastante guapo —comentó Rowling, que no se había tomado muy en serio la pelea.

—¡Es feísimo! ¡Más feo que un orangután! —replicó Úrsula.

—Feo o guapo, es un imbécil, eso seguro —intervino Lucas.

—De acuerdo, es el imbécil más guapo que he conocido en mi vida —concluyó Rowling, y se echó a reír alegremente.

Durante los siguientes tres días Lucas tuvo ocasión de conocer un poco a algunos de sus futuros compañeros de clase. Se hizo amigo de Orwell, a quien le encantaba comer, una afición que se reflejaba en sus grandes mofletes y su voluminosa barriga. También trabó amistad con Akira, un chico japonés muy reservado pero de gran inteligencia, y con Laura Borges y Julia Cortázar, dos gemelas mellizas muy parlanchinas que habían ido desde Argentina.

Sin embargo, Lucas pasaba la mayor parte del tiempo con Úrsula y Rowling. El capitán del barco había ordenado a su tripulación que mantuviera ocupados a todos los chicos encargándoles diferentes tareas. Lucas solía formar grupo con Rowling y Úrsula, y juntos tuvieron que limpiar la bodega, recoger los platos, fregar cacharros o coser redes para la pesca. Esas actividades eran un auténtico rollo, pero también tuvieron ocasión de aprender cosas más interesantes, como hacer nudos marineros o entrar en la cabina del capitán y aprender a pilotar el barco, tarea que fascinó a Úrsula, porque los vehículos le pirraban.

Lucas solía disfrutar del día hasta que le tocaba encerrarse en el camarote con Martin para dormir. Su compañero seguía con su actitud desdeñosa y cada vez que le dirigía la palabra le llamaba «Pringado». Lucas procuraba ignorarle y nunca respondía a sus provocaciones. Solo en una ocasión consideró necesario poner el punto sobre la i.

—No te atrevas a pedirle a tu abuelo que expulse a Úrsula. Si haces esto, te las verás conmigo... —le amenazó.

—Esa Úrsula debe de ser Mala Leche, ¿no? —respondió Martin, a quien le encantaba poner motes a todo el mundo.

—Tu mejilla se acuerda muy bien de quién es Úrsula —concluyó Lucas, y se tumbó en la cama para dormir.

La tarde del cuarto día desde que el barco había zarpado de Lisboa, algunos de los futuros alumnos de la academia estaban tomando el fresco en cubierta. Lucas, Úrsula y Rowling contemplaban el mar apoyados en la barandilla mientras el barco surcaba las olas a gran velocidad. El viento era muy fuerte y les enmarañaba el pelo, pero les embriagaba una extraña sensación de libertad.

—Con tantos niños en el mundo, fue una verdadera suerte que nos tocaran a nosotros los caramelos que cambiaban de color —comentó Lucas—. Un amigo mío se comió más de quinientos y ninguno se volvió azul.

Entonces sonó una risa a sus espaldas. Era Martin. Iba acompañado de Quentin, Aldous y Moorcock, tres chicos que habían tenido el dudoso gusto de convertirse en sus amigos y que le seguían a todas partes como perros guardianes.

—Pringado, Pelirroja Pecosa y Mala Leche no se enteran de nada —se burló Martin. Introdujo la mano en el bolsillo, sacó unos cuantos caramelos del doctor Kubrick y se los lanzó—. Probadlos, a ver qué ocurre.

Lucas solía ignorar la mayoría de las cosas que decía Martin, pero en aquella ocasión vio algo en su mirada que le hizo dudar. Se agachó y cogió uno de los caramelos que había en el suelo. Rowling y Úrsula le imitaron. Desenvolvieron los caramelos y se los llevaron a la boca. Los saborearon durante unos segundos y cuando los sacaron eran de color azul. Tras unos segundos de sorpresa, Úrsula fue la primera en reaccionar.

—¡Has hecho trampa! —le reprochó enfadada—. Conseguiste los caramelos que cambiaban de color porque eres el nieto del doctor Kubrick.

—Mala Leche aún no se entera de qué va la película —respondió Martin muy tranquilo—. Todos los caramelos del doctor Kubrick son iguales. Solo cambian de color con la saliva de unos pocos chicos en el mundo. No ha sido suerte, nos han seleccionado porque somos especiales...

Lucas pensó que se trataba de la tontería más grande que había oído en su vida.

Él no tenía nada de especial, y los chicos que viajaban en aquel barco, tampoco.

—Deja de inventarte chorradas, Martin —le dijo.

—No se inventa nada —intervino Quentin—. Yo me comí cinco caramelos, y todos se volvieron azules. Los repartí con mis primos y con un par de colegas para que pudieran venirse conmigo, pero no coló. Solo yo pasé la revisión médica.

Lucas se quedó callado. Quentin no le caía bien, pero parecía sincero, y sus palabras cobraban un sentido inquietante. ¿Y si los caramelos del doctor Kubrick solo habían sido un cebo para encontrarles? Y si fuera así, ¿qué les convertía a todos ellos en chicos «especiales»?

—Os han explicado que la Secret Academy es la mejor escuela del mundo, y eso es verdad —continuó Martin seguro de sí mismo—. De lo que nadie os ha advertido es de que también es la más peligrosa. Si supierais los peligros que vais a correr os tiraríais por la borda y regresaríais a casa nadando ahora mismo.

—Mientes —replicó Úrsula—. Solo quieres asustarnos.

De repente oyeron un fuerte ruido que provenía del cielo. Algo se acercaba volando hacia el barco. Al cabo de unos segundos, distinguieron claramente la silueta de un helicóptero.

—Es el helicóptero de mi abuelo —explicó Martin—. Él os explicará mejor que yo dónde os habéis metido.

El helicóptero del doctor Kubrick hacía un ruido tan ensordecedor que todo el mundo empezó a taparse los oídos a medida que descendía. La noticia había corrido de boca en boca, y no había ni un solo alumno que no estuviera en cubierta presenciando el aterrizaje. Era la primera vez que Lucas veía un helicóptero tan de cerca y estaba impresionado por la velocidad a la que se movían las hélices.

—¿No es peligroso aterrizar en un barco? —se preguntó Lucas.

—¿Qué? —gritó Rowling.

Resultaba inútil intentar charlar con aquel ruido infernal, de modo que Lucas se limitó a sonreírle.

El helicóptero se quedó suspendido en el aire, a escasos metros del barco. Soplaba un viento fuerte, pero no era nada comparado con el que provocaban las hélices del vehículo. Rowling estuvo a punto de salir propulsada hacia atrás, aunque reaccionó a tiempo y se aferró a Lucas con un solo brazo. El otro lo tenía ocupado procurando que el viento no le levantara la falda.

Finalmente el piloto se decidió a intentar aterrizar. El helicóptero, pintado de azul marino y con los cristales tintados, empezó a descender hasta que, de repente, una ráfaga de viento le hizo perder la trayectoria. Totalmente desestabilizado, con la cabina mirando al suelo, se dirigió a toda velocidad contra todos los chicos que presenciaban el aterrizaje con las hélices girando vertiginosamente.

—¡Al suelo! —gritó Lucas, que estaba en primera fila.

Hubo gritos de pánico, empujones y carreras. Lucas agarró a Rowling y a Úrsula, y las tiró al suelo justo a tiempo para que el helicóptero no les arrollara. Momentos después, el vehículo consiguió recuperar el control y volvió a estabilizarse levantando el vuelo.

Había faltado muy poco. Lucas miró a su alrededor con su corazón bombeando sangre furiosamente. Nadie parecía haber resultado herido, pero la mayoría de los chicos y chicas estaban acurrucados en el suelo protegiéndose la cabeza con los brazos, sin atreverse siquiera a mirar. Lucas ayudó a levantarse a Rowling y a Úrsula, y poco a poco todos empezaron a incorporarse.

—¡Este piloto está loco! —exclamó Úrsula indignada, y se colocó las dos manos alrededor de la boca para hacer bocina—. ¿Es que te has sacado el carnet en una tómbola?

Era imposible que el piloto la oyera, pero no parecía muy afectado por lo ocurrido. Momentos después, realizó otra maniobra de aterrizaje y en esta ocasión consiguió descender suavemente el vehículo y detenerlo en cubierta. El ensordecedor ruido del motor se paró, y las hélices empezaron a aminorar la velocidad hasta que se quedaron totalmente paradas. Como los cristales del helicóptero estaban tintados de negro, resultaba imposible ver quién viajaba en el interior. Todos los chicos y chicas estaban expectantes, esperando a que las puertas se abrieran.

—Ahora le veremos la cara al imbécil que ha estado a punto de matarnos a todos... —dijo Úrsula, aún enfadada.

El piloto no se hizo de rogar y salió del vehículo dando un saltito. Era el tipo más extravagante que habían visto en toda su vida. Vestía totalmente de blanco, con zapatos blancos, pantalones de pinza blancos, guantes blancos, americana de color blanco y un sombrero de copa inmenso, también blanco. Pese a la vitalidad que transmitía, era un hombre bastante mayor. Llevaba un bastón con un puño plateado, y su abundante y rizado pelo canoso sobresalía a ambos lados de la cabeza. El anciano se acarició la barba blanca y esbozó una gran sonrisa. No necesitaba presentación porque todo el mundo le había visto en la tele en los anuncios de caramelos.

—Soy el doctor Kubrick, el director de la Secret Academy —dijo, y se inclinó ante todos en una teatral reverencia.

Todos estaban demasiado atónitos para reaccionar. Lucas se quedó callado. No esperaba que el piloto fuera el doctor Kubrick en persona y aún estaba enfadado por su temeraria maniobra con el helicóptero. Martin, en cambio, no parecía nada afectado por lo ocurrido y se acercó a su abuelo con

una sonrisa en la cara. Le dio un fuerte abrazo delante de todo el mundo y se giró hacia sus compañeros.

—¿Es así como recibís a mi abuelo? —dijo con tono de reproche—. ¡Un aplauso, por favor!

Las palabras de Martin tuvieron efecto y la mayoría de los alumnos aplaudieron tímidamente al doctor Kubrick.

—Gracias, gracias... —dijo el anciano complacido—. ¿No os ha parecido divertido mi aterrizaje?

—Muy divertido —respondió en voz baja Lucas—. Un poco más y te cargas a todos tus alumnos...

—Vayamos a algún lugar más tranquilo. Tengo mucho que contaros... —anunció a continuación.

La reunión se celebró en la sala de actos del barco. Los futuros alumnos, veintiún chicos y chicas, se distribuyeron entre las butacas dispuestos a escuchar lo que tenía que decirles el anciano. El doctor Kubrick empezó a pasear entre las mesas jugueteando con el bastón. Parecía tener mucha práctica, porque sus dedos lo hacían girar con la habilidad de un malabarista.

—Bienvenidos a todos —empezó el doctor Kubrick—. Es un placer y un honor para mí contar con vuestra presencia. He depositado mi confianza en todos vosotros y he gastado unos cuantos millones de dólares para hacer realidad la Secret Academy. Espero que pronto os convirtáis en los protagonistas de mi proyecto. Si aceptáis ser alumnos de la academia, tendréis acceso a una tecnología nunca antes vista por el hombre y conoceréis secretos desconocidos por toda la humanidad.

El doctor Kubrick dejó de hablar un instante, y el comedor del barco se llenó de murmullos. Todos sentían curiosidad.

—Aún no sois alumnos de la Secret Academy. Es cierto que encontrasteis los caramelos que cambiaban de color y que habéis firmado un contrato, pero aún tenéis tiempo de echaros atrás. No debéis avergonzaros por tomar esta decisión. La comprenderé y aceptaré con una sonrisa, sin enfadarme en absoluto. Un barco os llevará de regreso a casa, y todo habrá terminado.

—¿Por qué tendríamos que echarnos atrás? —preguntó Akira.

—Buena pregunta —respondió el doctor Kubrick. Las facciones de su cara, amables y próximas, se endurecieron de repente—. Los alumnos de la Secret Academy tendrán acceso a grandes conocimientos, y los grandes conocimientos exigen grandes responsabilidades. Nunca más podréis llevar una vida tranquila. Se os pedirá mucho a todos y cada uno de vosotros. Además, debo advertiros de que correréis peligros que la mayoría de los chicos y chicas del mundo jamás experimentarán.

—¿Qué tipo de peligros? —preguntó Christie, una chica de pelo castaño con la que Lucas apenas había hablado.

—Peligros de muerte —respondió tajante—. Tendréis la oportunidad de hacer el bien, de hacer grandes cosas para la humanidad, pero tendréis que arriesgar vuestras vidas para conseguirlo...

Las palabras del doctor Kubrick calaron hondo en los corazones de todos los chicos y chicas que había en el comedor, y se hizo un silencio sepulcral.

—Ahora deberéis tomar la decisión más importante de vuestras vidas: ser o no ser alumnos de la Secret Academy. Recordad que los que decidan volver junto a sus familias podrán hacerlo sin ningún problema. Sin embargo, los que decidan quedarse habrán tomado una decisión definitiva. No habrá vuelta atrás...

Aquello iba más en serio de lo que nadie podía esperar. Lucas sabía que si su madre hubiera escuchado aquellas palabras le habría cogido de la mano y se lo habría llevado de allí a toda prisa.

—Os concedo cinco minutos para que reflexionéis en silencio —les dijo el doctor Kubrick sacando un reloj de su bolsillo—. Cuando acabe el tiempo todos los chicos que permanezcan en la sala de actos serán considerados alumnos de la Secret Academy.

Lucas sintió que las piernas le flaqueaban. A saber en qué problemas les metería el loco y excéntrico doctor Kubrick. Leyó en los rostros de los demás alumnos la misma duda que pesaba en él. ¿Tenía que salir pitando de allí y ahorrarse problemas? ¿O tenía que quedarse y averiguar cuáles eran los propósitos de la Secret Academy?

—¡Os quedan tres minutos! —exclamó el doctor Kubrick con los ojos fijos en su reloj de bolsillo.

Dos chicos se levantaron de sus butacas y se dirigieron hacia la salida. Lucas cruzó una mirada con Úrsula, que estaba muy nerviosa. No paraba de mover compulsivamente las piernas y de repicar los dedos contra el respaldo de la butaca. En cambio, Rowling estaba de lo más relajada. La chica irlandesa no parecía tener ninguna intención de salir de aquel comedor.

—¡Un minuto! —gritó el doctor Kubrick.

Virginia, una chica que siempre tenía un ademán triste e inseguro, se levantó de una butaca y empezó a dirigirse hacia la salida con la cabeza gacha. Martin la miró por encima del hombro, con su desprecio habitual. El nieto del doctor Kubrick había dejado muy claro que tampoco tenía ninguna intención de marcharse.

La cabeza de Lucas trabajaba a toda velocidad. Lo más prudente era levantarse y salir de allí antes de que fuera demasiado tarde, pero se quedó clavado en la silla. Se preguntó por qué. ¿Acaso era la curiosidad por los secretos que había prometido revelarles lo que le retenía allí? No, no se trataba de aquello. Lucas se dio cuenta de que el doctor Kubrick le había seducido con otra promesa: «Tendréis la oportunidad de hacer el bien, de hacer grandes cosas para la humanidad...». Eso era exactamente lo que Lucas quería hacer con su vida. De repente estuvo seguro de que debía permanecer sentado en aquella butaca.

—Tres, dos, uno, cero... ¡Bienvenidos a la Secret Academy! —proclamó el doctor Kubrick.

La verdadera reunión tuvo lugar escasos minutos después, y el doctor Kubrick intentó relajar el ambiente marcándose unos pasos de baile mientras lucía sus habilidades acrobáticas haciendo malabarismos con el sombrero y el bastón. Sus payasadas consiguieron arrancar algunas risas, pero la mayoría de los alumnos estaban tensos, a la espera de las explicaciones que aquel hombre tenía que darles.

—¿Qué hago aquí? —se preguntó Úrsula en voz alta—. No puedo creerme que esté en un barco camino de vete a saber dónde mirando a un loco bailar charlestón...

—A lo mejor no está tan loco como parece... —señaló Lucas.

El doctor Kubrick dio por terminado el baile y saludó a todos sus alumnos mientras era aplaudido y vitoreado. Pegó un brinco y, cuando estaba en el aire, entrechocó los talones de sus pies. Luego se arrodilló en el suelo como un musulmán dispuesto a rezar y dedicó varias reverencias a su auditorio. Lucas estaba convencido de que el repertorio de excentricidades habría continuado si no fuera porque los aplausos empezaron a menguar progresivamente.

—Gracias, gracias... —dijo pidiendo silencio—. Ha llegado el momento de ir al grano...

El director de la Secret Academy volvió a colocarse el sombrero en la cabeza y adoptó una expresión seria, como si de repente se hubiera convertido en otro personaje.

—Las televisiones nos engañan, los políticos nos engañan, los periódicos nos engañan... —aseguró el doctor Kubrick—. ¡Escuchad la verdad de una vez por todas!

De repente todas las luces de la sala se apagaron, y empezaron a proyectarse imágenes en una pantalla gigante. Se veía un inmenso bloque de hielo derritiéndose. A Lucas le pareció que era el Perito Moreno, un glaciar situado en la Patagonia, en Argentina.

—Esto es fruto del calentamiento global —explicó el doctor Kubrick—. Los polos de la Tierra se están deshaciendo a una velocidad espeluznante. En unos años los océanos engullirán buena parte del planeta...

En el vídeo se podía ver el mapa del mundo. Poco a poco los mares iban cubriendo gradualmente algunos continentes. Úrsula emitió un jadeo de horror cuando vio que uno de los primeros lugares afectados por el calentamiento global sería Italia, pero las imágenes aún tenían que ser más aterradoras.

Súbitamente se proyectó un montaje donde aparecían casas y bloques de pisos de distintos lugares del mundo, todos ellos destruidos por vientos huracanados, terremotos o explosiones nucleares. Varios alumnos lanzaron gritos angustiados en cuanto vieron las imágenes. Lucas entendió el porqué cuando vio su propio barrio proyectado en la pantalla. Una sombra gigantesca cubrió edificios, calles y parques mientras la gente huía presa del pánico. Entonces un tsunami, una ola gigante de colosales dimensiones, descargó toda su ira llevándose por delante todo lo que encontraba a su paso. Lucas imaginó que sus padres estaban entre las víctimas y sintió que se le hacía un nudo en el estómago.

—Los únicos lugares del mundo donde el hombre podrá vivir serán áridos, sin vegetación, sin animales, donde el agua será un lujo que muy pocos podrán permitirse... —continuó el doctor Kubrick.

En la pantalla se proyectaron imágines de desiertos, lugares polvorientos y siniestros, donde el calor era asfixiante y no había ningún rastro de vida.

—¡Este es el futuro que nos espera! —proclamó—. ¿Es eso lo que queréis para vuestros hijos?

Todas las luces de la sala volvieron a encenderse. El director de la academia tenía una expresión grave en el rostro.

—Los políticos solo piensan en ganar las siguientes elecciones, y los grandes empresarios solo en ganar más y más dinero... Vuestra generación y las que aún están por venir les importan un bledo —sentenció el doctor Kubrick. Entonces levantó el bastón y empezó a señalarlos a todos—. ¡Debéis ser vosotros los que luchéis por este ideal! ¡Solo vosotros, con vuestra fuerza, podréis salvar el mundo!

—Pero ¿como vamos a conseguir eso? —se quejó Orwell—. Solo tenemos doce años...

—Estudiando en la Secret Academy —replicó el doctor Kubrick—. Allí os convertiréis en hombres y mujeres de acción, en agentes secretos, en expertos y audaces espías: una élite preparada para salvar el mundo...

Nadie había imaginado aquello, y Lucas miró a su alrededor para ver la reacción de sus compañeros. Todos estaban perplejos ante el giro de los acontecimientos. ¿Una escuela de espías? ¿Con la misión de salvar el mundo? Lucas se preguntó si el doctor Kubrick se habría vuelto loco. ¿Y si solo era un multimillonario desequilibrado, un viejo chocho enajenado?

—Que nadie espere un camino de rosas —continuó con inalterable seguridad el director de la academia—. Tendréis que estudiar mucho y trabajar duro, pero antes de que os deis cuenta ya estaréis viajando por el mundo llevando a cabo misiones vitales para la supervivencia de la especie humana. Antes, sin embargo, recibiréis la formación adecuada y, de entre todos vosotros, se escogerá al alumno más aventajado, el que demuestre más gallardía y decisión. Vuestro líder tendrá el cometido de dirigir las operaciones, escoger los equipos de acción y convertirse en el faro que ilumine vuestro camino.

Lucas miró a Martin. Estaba hinchado como un pavo real, y no hacía falta leerle la mente para darse cuenta de que ambicionaba el cargo de líder más que nada en el mundo. Al parecer ya tenía un par de adeptos. Quentin y Moorcock le dieron unas palmadas en la espalda y le susurraron algo al oído.

El doctor Kubrick dejó que sus alumnos digirieran sus últimas palabras y reemprendió su discurso.

—Mi deber es advertiros de algo más... En el mundo hay gente muy poderosa que no quiere que la Secret Academy consiga su objetivo, y son muy peligrosos...

—Pero si queremos salvar a la humanidad... —intervino Úrsula—. ¿Quién podría querer que el mundo se destruyera?

—Más gente de la que crees —respondió—. Los hombres que dominan el mundo no escuchan las advertencias de los científicos porque solo piensan en enriquecerse. Y, claro, también están los Escor...

El doctor Kubrick se detuvo de repente, como si se arrepintiera de haber pronunciado aquellas últimas palabras.

—No quiero asustaros, chicos —se disculpó—. Creo que podemos dar por terminada la charla...

Se oyeron voces de protesta por toda la sala de actos.

—¡Tenemos derecho a saber la verdad! —exigió uno de los alumnos, que se llamaba Salgari.

Más voces se unieron a aquella demanda. El doctor Kubrick se acarició la barba y prosiguió con la charla a regañadientes.

—Sabemos muy poco de ellos y ni siquiera estamos seguros de lo que traman. Son una organización secreta llamada los Escorpiones y han declarado la guerra a la Secret Academy. Boicotean sin descanso nuestros proyectos científicos y usan todas las artimañas y bajezas inventadas y por inventar para acabar con nosotros. Nos perseguirán sin descanso, y mucho me temo que ahora que acabáis de convertiros en alumnos de la Secret Academy os considerarán sus enemigos. Huid de ellos. No les escuchéis, pues su voz es veneno y solo pretenden haceros daño. Son grandes manipuladores, capaces de convertir en negro lo que es de color blanco. Y lo que es peor: no tienen escrúpulos y no se detendrán ante nada hasta vernos destruidos.

La mayoría de los alumnos de la Secret Academy empalidecieron al escuchar aquellas palabras. Todos habían llevado vidas más o menos tranquilas hasta el momento, hasta que habían decidido probar suerte con uno de aquellos caramelos del doctor Kubrick.

—Eso es todo, chicos, ya he contado más de lo que quería... —aseguró el director—. Cuando lleguéis a la academia os estarán esperando vuestros profesores. ¡Buena suerte a todos!

El doctor Kubrick dio por zanjada la charla y empezó a

salir del comedor. Lucas tenía mil preguntas en la cabeza y sentía como si su cerebro estuviera a punto de estallar.

—¡Un momento! —exclamó levantándose de la silla.

El anciano se giró hacia él con una sonrisa bondadosa en los labios.

—Hemos descubierto que todos los caramelos son iguales —le reprochó—. Solo cambian de color cuando los tomamos nosotros...

—Porque sois especiales, únicos en el mundo, mis queridos alumnos.

—¿Qué es exactamente lo que nos hace especiales? —insistió Lucas.

—No lo sabemos —respondió el doctor Kubrick—. ¿Acaso el primer hombre que vio un gusano de seda podía prever que se convertiría en mariposa?

Esta vez el anciano les dio la espalda y empezó a caminar parsimoniosamente hacia la salida del comedor. Les había dejado tan confusos con aquella respuesta, que nadie tuvo el ánimo de hacerle más preguntas.

—O está loco de remate o no nos dice todo lo que sabe —comentó Rowling.

—¿Qué hago aquí? —Lucas suspiró abatido, cubriéndose la cara con las manos.

—Salvar el mundo —respondió Úrsula y se levantó de la silla—. Disculpadme, quiero echarles un vistazo a los controles del helicóptero antes de que se vaya el director.

Y entonces se fue corriendo hacia la salida del comedor para dar alcance al doctor Kubrick.

Úrsula, Rowling y Lucas recibieron el encargo de limpiar la bodega del barco. Hacía ya un par de días que el doctor Kubrick se había marchado, y habían tenido ocasión de examinar la embarcación de arriba abajo. La bodega, sin embargo, era uno de los pocos lugares en los que aún no habían estado. Al abrir la puerta con la llave que les habían entregado, se dieron cuenta de que no se habían perdido nada interesante. Todo estaba lleno de trastos viejos, y el polvo y la mugre cubrían todos los rincones del lugar. Además, un olor nauseabundo y avinagrado hacía que el ambiente fuera irrespirable.

—¿Por qué no habrán mandado a Martin limpiar esta asquerosidad? —se lamentó Lucas con una mueca de asco.

—Porque es el nieto del doctor Kubrick y es un mimado —respondió Úrsula.

La chica italiana adoptó la pose soberbia de Martin y trató de imitar su voz.

—Si me obligas a limpiar la bodega se lo diré a mi abuelo y te quedarás sin trabajo... —se mofó.

Lucas y Rowling se rieron pese a que les esperaba una tarde muy dura. El mal olor era debido principalmente a unas botellas de vino que se habían roto. Recogieron los cristales y empezaron a ordenar el lugar. Al cabo de un rato, estaban casi tan sucios como la bodega y tenían la cara y las manos manchadas de hollín.

Rowling era la que se manejaba mejor de los tres con los bártulos de limpieza. Era una chica coqueta y presumida, pero hacía el trabajo con energía y les daba consejos para que realizaran las tareas de manera más rápida y eficaz.

—Mi madre siempre me dice que tengo que ayudar más en casa y que escoba en mano soy un completo inútil —le explicó Lucas—. En cambio tú... Seguro que tus padres están orgullosos de ti...

Rowling dibujó una fugaz sonrisa en sus labios, pero no le respondió y continuó trabajando. A Lucas le pareció ver en sus ojos un deje de tristeza y se preguntó si su comentario habría estado fuera de lugar. Le hubiera gustado meterse dentro de su cabeza para descubrir qué estaba pensando, pero sabía que era imposible y se resignó a contemplarla mientras retiraba unas maderas deformadas.

De repente, cuando todo parecía en calma, Rowling lanzó un alarido lleno de pánico. Retrocedió precipitadamente hacia atrás y tropezó con unas cajas que la hicieron caer al suelo.

—¿Estás bien? —gritó Lucas corriendo hacia ella.

Temblando de miedo, Rowling levantó el dedo índice para señalar un rincón de la bodega. Lucas vio dos ojillos rojos reluciendo en la penumbra.

—Es una ra... una rata... ¡Y las odio! —dijo Rowling aún en el suelo.

—¡Yo me ocupo! —gritó Úrsula.

La chica italiana no parecía tener ningún miedo a las ratas y se enfrentó al roedor armada con una escoba mientras Lucas ayudaba a Rowling a levantarse del suelo agarrándola de la mano.

—¿Te has hecho daño?

—Me duele un poco el cu..., quiero decir debajo de la espalda... —se corrigió Rowling al tiempo que se llevaba la mano al trasero.

Una vez de pie, Rowling se fijó en que había caído encima de una sucia y gastada alfombra. Por un momento, había olvidado la presencia del roedor, y sus ojos brillaron llenos de curiosidad. Retiró la alfombra y vio lo que parecía una trampilla. La causa de su dolor en el trasero era una gran anilla metálica que se le había clavado al caer. Tiró de ella con todas sus fuerzas, pero fue incapaz de moverla un solo centímetro.

—La rata ha huido —les informó Úrsula acercándose hacia ellos—. ¿Qué es eso?

—Tenemos que averiguar qué hay debajo —dijo Rowling.

—Mejor no toquemos nada, no es asunto nuestro —opinó Lucas, más prudente.

—¡Claro que lo es! —exclamó Rowling—. Acabamos de entrar en la Secret Academy, y el doctor Kubrick no quiere decirnos si somos gusanos de seda, mariposas o escarabajos peloteros. Veamos qué esconden...

—Estoy con Rowling —intervino Úrsula.

Lucas se encogió de hombros y suspiró. Las chicas ganaban la votación por mayoría absoluta. Se inclinó un poco, agarró la anilla con las dos manos y tiró con todas sus fuerzas. Se puso colorado por el esfuerzo, pero la trampilla no cedió. Él solo no conseguiría levantar la tapa. Entonces tuvo una idea.

—¡Ya lo sé! ¡Usaremos una escoba!

Úrsula y Rowling se lo quedaron mirando extrañadas. Las escobas servían para barrer, no para levantar trampillas, pero Lucas parecía seguro de sí mismo. Cogió la escoba que estaba en el suelo e introdujo el palo metálico en el interior de la anilla.

—Ahora podremos tirar los tres a la vez —dijo triunfalmente.

Dicho y hecho. Lucas, Úrsula y Rowling asieron el palo de la escoba y tiraron con todas sus fuerzas. Estaban a punto de darse por vencidos cuando oyeron un crujido. La trampilla había cedido.

—¡Un poco más! —las animó Lucas con todos los músculos de su cuerpo en tensión.

Con mucho esfuerzo, lograron levantar la gruesa tapa y apartarla del agujero que había en el suelo. Lucas se tomó unos segundos de descanso. Le dolía la espalda de tanto tirar y necesitaba recuperar el aliento.

—Hay una escalera —les informó Rowling.

Era cierto. El pasadizo descendía verticalmente hacia una oscuridad absoluta. Había una escalera de madera podrida adosada a la pared. El segundo y el tercer peldaño estaban rotos, de manera que no parecía demasiado seguro bajar por allí.

—No veo el final —se quejó Rowling asomando la cabeza—. ¿Quién se viene conmigo?

La chica irlandesa no dio tiempo a que le respondieran y empezó a descender.

—¿Te quedas vigilando, Úrsula? —le preguntó Lucas mientras se disponía a bajar.

—De acuerdo —aceptó de mala gana.

Lucas se aferró al primer peldaño de la escalera. Podía oír a Rowling, pero no la veía en absoluto. La oscuridad era tan intensa que se sintió impresionado. Tragó saliva con dificultad y comenzó a bajar lentamente.

—Ten cuidado con el quinto escalón. La madera está un poco podrida... —dijo la voz de Rowling en la oscuridad.

La advertencia llegó demasiado tarde. Lucas colocó el pie en el quinto escalón y notó como cedía. Sus pies quedaron colgando en el vacío mientras se agarraba con ambas manos de un peldaño.

—¡Ay! —se quejó Rowling—. Me ha caído el escalón en la cabeza.

Lucas miró hacia arriba. Allí estaba Úrsula, mirándole con aspecto preocupado.

—¡Sube otra vez! ¡Coge mi mano!

Lucas levantó el brazo derecho. Estaba a punto de agarrar la mano de Úrsula cuando la escalera se vino abajo y Lucas se precipitó al vacío. La caída provocó un gran estruendo.

—¿Estáis bien? —preguntó Úrsula angustiada. Los momentos de silencio que siguieron se le hicieron eternos—. ¡Responded, chicos!

—Yo estoy bien —dijo la voz de Lucas finalmente.

—¡Claro que estás bien! ¡Has caído encima de mí! —le reprochó Rowling.

Lucas se levantó del suelo o, más bien, dejó de aplastar a Rowling con su peso. Palpó en la oscuridad hasta encontrar un brazo de Rowling.

—Vamos, te ayudaré a levantarte —le dijo—. ¿Te has lastimado?

—No —respondió—. Casi había llegado abajo, y por suerte no estás demasiado gordo....

Lucas ayudó a Rowling a levantarse. La oscuridad era tan absoluta que ni tan siquiera podían verse las caras. La silueta de Úrsula se recortaba en la penumbra de la bodega. Debían de separarles un par de metros a lo sumo.

—Necesitamos luz. Busquemos un interruptor —sugirió Lucas.

Los dos empezaron a palpar a su alrededor buscando algo que pudiera iluminar la sala. Las paredes eran de madera pulida y parecían en mejor estado que las de la bodega. De repente Rowling rozó algo extraño, con un tacto peludo que le recordó al de una rata, y apartó la mano bruscamente.

—¡PUAJ! —gritó angustiada.

—Era mi pelo, Rowling. Sigue buscando… —la tranquilizó Lucas un poco ofendido.

Continuaron la búsqueda hasta que Lucas tocó algo metálico adosado a la pared. Sus manos recorrieron la superficie, e imaginó que podía tratarse de una caja de plomos. Tenía la misma forma que la que tenían en su casa, y consiguió abrirla.

—Aquí hay algo muy grande y metálico. ¡Enciende ya la luz! —le apremió Rowling. Golpeó algo con los nudillos y sonó a chapa.

Aquella sala era bastante grande, y se habían alejado un poco el uno del otro. Lucas palpó las palancas de la caja de plomos. Tenía miedo de llevarse un buen calambrazo, pero no le quedaba más alternativa que arriesgarse. Subió las palancas una tras otra y esperó. Su acción no tuvo ningún efecto hasta que pasaron algunos segundos. Entonces algo empezó a parpadear en el techo. Eran unos fluorescentes que poco a poco iluminaron la sala. Rowling se quedó maravillada al ver lo que había estado tocando.

—¡Deberías ver esto, Úrsula! —gritó Lucas con los ojos como platos—. Aquí abajo hay un submarino…

Era verdad. El vehículo, alargado y cilíndrico, recordaba el cuerpo de un tiburón, sobre todo porque el timón tenía forma de aleta. En el techo sobresalía un tubo metálico que Lucas identificó como el periscopio, y en uno de los extremos se encontraba la hélice, formada por cuatro palas plateadas. Tenía aspecto de ser muy viejo. La pintura negra que lo cubría estaba algo desconchada y podía verse claramente el color metálico de la chapa.

—¿Por qué tienen un submarino escondido aquí abajo? —preguntó Rowling.

—Ni idea —respondió Lucas.

Debajo del submarino había una trampilla de cristal que permitía ver cientos de peces nadando en el agua. Debía de servir para que el vehículo se adentrara rápidamente en las profundidades del océano. Lucas pensó que en el pasado aquel barco podría haber tenido otras funciones que la de llevar a chicos hasta la Secret Academy. Sin embargo, el submarino parecía tan viejo que era más que probable que hubiera dejado de funcionar.

Mientras tanto, en la bodega, Úrsula se estaba impacientando por momentos y tuvo que contenerse para no morderse las uñas. El descubrimiento del submarino la había puesto de muy mal humor. Le encantaban los vehículos y le mortificaba que sus amigos estuvieran examinándolo, mientras ella tenía que quedarse allí arriba esperando. Miró hacia abajo, pero solo podía ver un suelo de madera iluminado por la blanca luz de unos fluorescentes. Entonces oyó los ruidos que provenían de cubierta. Eran gritos pronunciados por una voz ronca y masculina. Les siguieron unos golpes y pasos que corrían precipitadamente.

—Algo ocurre ahí arriba —les advirtió Úrsula—. Volved a subir. ¡Rápido!

Úrsula corrió hacia la puerta de la bodega y la abrió. Contuvo la respiración para escuchar con atención. Los ruidos de movimiento se habían detenido, pero le pareció oír a alguien llorar. Entonces percibió aquella voz tan ronca y masculina otra vez.

—¡Todo el mundo quieto! —oyó a lo lejos—. ¡Que nadie se mueva!

Oyó un fuerte crujido, como si alguien hubiera golpeado el suelo con mucha fuerza. El silencio que resonó a continuación resultó aún más inquietante que los gritos.

Úrsula pensó que debían de encontrarse dos pisos más arriba, en la planta de los camarotes. Pasara lo que pasara, estaba ocurriendo lejos de allí. Tenían tiempo de preparar algún plan. Entonces oyó que los pasos bajaban las escaleras... Entre ella y el intruso solo debía de mediar una docena de escalones y unos cuantos metros de pasadizo. No esperó a ver quién se acercaba. Cerró la puerta en un santiamén y le dio dos vueltas a la llave para impedir la entrada a la bodega. Corrió hacia la trampilla, exasperada porque ninguno de los dos había subido.

—¿Qué hacéis ahí abajo aún? ¡Rápido, nos van a pillar! —les alertó Úrsula.

—Tú lo ves muy fácil, pero la escalera está rota —señaló Rowling.

Era cierto. Bajar había resultado fácil, pero subir no sería tan sencillo.

—¡Yo te ayudo! —exclamó Lucas.

Usó las manos como si fueran un escalón y empujó con todas sus fuerzas hasta que Rowling consiguió trepar hasta arriba.

Fuera de la bodega, en el pasillo, oyeron nítidamente los pasos de alguien que se aproximaba.

No había tiempo que perder. Úrsula cogió la escoba y se tumbó en el suelo con los brazos colgando de la trampilla. Era la única manera de que Lucas consiguiera trepar hasta ellas.

—¡Agárrate! —le pidió.

Lucas dio un salto y se agarró. El impulso habría arrastrado el cuerpo de Úrsula hacia el vacío si no hubiera sido por Rowling. La chica irlandesa se tiró encima de ella y la aplastó con su cuerpo evitando que cayera abajo.

Fuera alguien accionó el picaporte de la puerta. Como estaba cerrada con llave no se abrió, pero lo que llegó a continuación les puso los pelos de punta.

—¡Abrid, gusanos! ¡Sé que estáis ahí dentro! —gritó la voz ronca, y aporreó con furia la puerta.

Lucas había conseguido asirse al mango de la escoba con ambas manos y tenía los pies contra la pared. Solo tenía que caminar mientras se aferraba a la escoba. Tres o cuatro pasos y llegaría hasta arriba.

—¡No aguantaremos mucho! —le apremió Úrsula.

Sonaron cuatro fuertes golpes contra la puerta. Algunas astillas de madera se desprendieron del picaporte.

—¡Abrid o tendré que entrar por la fuerza! —amenazó la voz.

Lucas dio un paso y luego otro. Le dolían los músculos de los brazos, pero estaba seguro de que lo conseguiría.

A Úrsula le sudaban las manos. Sentía que la escoba le resbalaría de un momento a otro.

Sonó otro golpe a sus espaldas. Esta vez más fuerte. Rowling giró la cabeza y vio que había un boquete en la puerta.

—¡Ya estoy aquí! —anunció la voz gritando.

Lucas vio que no había tiempo que perder. Leyó desesperación en los ojos de Úrsula y dio dos pasos más caminando por la pared. Se agarró a la mano de la chica como pudo y trepó ágilmente hasta el piso superior. Estaban a salvo.

¿A salvo?

¡Bum! Otro golpe demoledor abrió un agujero aún más grande en la puerta. El intruso no tardaría más que unos pocos segundos en entrar.

—Escondámonos —susurró Rowling.

La bodega estaba llena de trastos viejos, pero, por desgracia, los habían ordenado demasiado. Úrsula localizó una abertura entre una montaña de maderas medio podridas que habían amontonado en un rincón. Consiguieron introducirse en el boquete y se cubrieron el cuerpo con una tela desgajada de color negro.

¡Bum! Un pie calzado con una bota negra atravesó la puerta haciendo aún más grande el agujero. Otro golpe y una persona de tamaño medio podría pasar a través de la abertura.

Entonces Lucas vio que la trampilla estaba abierta. No tuvo tiempo de pensarlo mucho. Simplemente salió de su escondite y corrió hacia la alfombra para tapar el agujero.

—¿Qué hace? —se desesperó Úrsula.

La bota militar volvió a atravesar la puerta.

Lucas tapó la trampilla y vio que el cuerpo de un hombre se agachaba para entrar en la bodega. Corrió hacia su escondite y se tiró al suelo. Se deslizó por la abertura arrastrándose y sintió como Rowling le cubría el cuerpo con la tela negra. Los tres contuvieron la respiración, rezando para que no les hubiera visto.

Rowling vio al intruso a través de un agujero de la tela. Era un hombre de unos cuarenta años, calvo y con una oscura barba larga y enmarañada. Llevaba un traje de una sola pieza completamente negro que se ceñía a su cuerpo, con una cremallera plateada que iba desde el cuello hasta la cintura.

—Sé que estáis aquí. Puedo oíros respirar...—dijo el intruso, y entonces miró a uno y a otro lado de la sala apuntando con un arma de fuego que sujetaba con las dos manos.

Aquella imagen les heló la sangre. Se quedaron inmóviles, observando al intruso pasear por la bodega. Este se agachó y estudió la escoba que habían dejado tirada en el suelo. De repente se volvió en su dirección.

—Salid ahora o será demasiado tarde —susurró el intruso apuntando con el arma.

Lucas y Úrsula, mortalmente pálidos, estaban a punto de salir, pero Rowling se puso un dedo en los labios y negó con la cabeza.

La chica irlandesa tenía razón. No les había visto. El hombre giró la cabeza a ambos lados e inspeccionó la bodega. De una patada tiró una montaña de cajas que Lucas se había tomado la molestia de amontonar. Abrió algunas de ellas sin demasiada esperanza y siguió buscando.

Súbitamente sus ojos negros se clavaron en la montaña de maderas podridas donde estaban escondidos. Apartó un par de tablas y miró. Ningún movimiento. Ningún ruido. Solo un montón de trastos viejos y una tela negra medio desgajada.

—¡Maldita sea! —escupió malhumorado—. ¿Dónde estarán los tres que faltan?

El hombre cogió un trozo de madera y lo estrelló contra la pared haciéndolo añicos. A continuación se dirigió hacia la puerta y salió por la abertura que él mismo había practicado a porrazos.

Los tres respiraron aliviados. Lucas se dio cuenta de que le temblaban las manos.

—¿Quién debía de ser ese? —acertó a preguntar en voz baja.

—A lo mejor era uno de esos Escorpiones de los que ha hablado el doctor Kubrick —especuló Rowling—. Nos habrán pillado antes incluso de llegar a la academia.

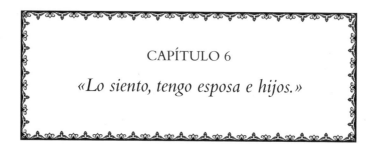

CAPÍTULO 6

«Lo siento, tengo esposa e hijos.»

¿Cómo había acabado en semejante barrizal? Lucas se maldecía a sí mismo. Nunca tendría que haber metido la mano en el cubo de la basura de su casa para recuperar aquel caramelo del doctor Kubrick. Y cuando el director de la Secret Academy les había ofrecido la posibilidad de abandonar el barco tendría que haber salido de allí cagando leches.

—¿Y ahora qué hacemos? —preguntó Úrsula.

Seguían escondidos entre los trastos viejos que había en la bodega. Parecían conejos asustados que se acurrucaban en su madriguera para que el lobo no les cazara.

—Podríamos quedarnos aquí bien escondidos —sugirió Rowling.

—Tarde o temprano nos encontrarán. El barco es grande, pero no tanto... —intervino Lucas—. El problema es que saben que estamos aquí. Ya habéis oído a ese tipo: «¿Dónde estarán los tres que faltan?», ha dicho. Sin duda se refería a nosotros...

—¡Ya lo tengo! —exclamó Úrsula—. Huiremos del baco.

—¿Cómo? ¿Nadando? Te recuerdo que estamos en medio del océano Atlántico... —apuntó Rowling.

—Tenemos un submarino aquí abajo, ¿no? —respondió Úrsula saliendo del escondite—. Pues simplemente nos montamos en él y nos vamos.

Úrsula lo veía muy fácil, pero nadie podía asegurarles que el submarino funcionaría correctamente. Además, ninguno de los tres había subido nunca a un submarino, y mucho menos tenían la más mínima noción de cómo se pilotaba.

—A grandes males, grandes remedios —dijo Úrsula, convencida de que podían lograrlo.

Lucas y Rowling también salieron de su escondite y meditaron sus palabras.

—Supongo que no tenemos otra opción... —se lamentó Lucas.

Rowling no respondió.

—Quien calla otorga, ¿no? —Úrsula sonrió.

La chica se dirigió hacia la trampilla oculta y retiró la alfombra. Se sentó con los pies colgando en el agujero, dispuesta a saltar hacia abajo.

—Espera... —la detuvo Lucas—. Los demás están en peligro, y no podemos dejarlos tirados. Huiremos en submarino, pero todos juntos.

Tanto Rowling como Úrsula se dieron cuenta de que Lucas llevaba toda la razón.

Salieron de la bodega procurando no hacer ruido. Lo primero que tenían que descubrir era dónde estaban sus compañeros. Lucas abría la marcha. Asomaba la cabeza y comprobaba que el camino estuviera despejado. Entonces recorrían unos metros hasta llegar a la siguiente esquina y repetían la misma operación.

Subieron las escaleras hasta la siguiente planta. Cruzaron un pasillo y se detuvieron en una esquina. Lucas sacó la cabeza para espiar y la apartó bruscamente. Había un intruso paseando tranquilamente por el pasadizo. Tenía un arma de fuego en las manos y vestía con las mismas botas militares y el uniforme negro de una sola pieza que llevaba el tipo de la barba que había estado a punto de pillarles.

—El pasillo está vigilado —susurró Lucas—. Es imposible pasar sin que nos vea...

Esperaron unos minutos, pero el hombre no se iba. Paseaba arriba y abajo por el pasillo como si le hubieran ordenado hacer guardia en aquel lugar. Los tres empezaron a impacientarse.

—Tenemos que intentar algo —dijo Úrsula.

Entonces surgió una luz de esperanza en el pasillo. Uno de los camareros que trabajaba en el barco apareció empujando un carrito. Saludó tímidamente con la cabeza al hombre que vigilaba y siguió avanzando.

—Es nuestra oportunidad —dijo Lucas.

Se quedaron escondidos mientras oían las ruedas del carro acercarse. Cuando el camarero dobló la esquina y les vio se llevó un buen susto.

—¡Chissst! —le pidió Lucas para que no les delatara—. Nadie sabe que estamos aquí...

El camarero se puso pálido.

—¿Qué hacéis aquí? ¡Todo el mundo os está buscando! —dijo intentando ahogar la voz.

—¿Qué ha ocurrido? —preguntó Lucas.

—Esos tipos de negro han secuestrado el barco. Están armados y parecen peligrosos. Dicen que si no les obedecemos habrá represalias... —explicó muy nervioso.

—¿Dónde están los otros chicos? —le interrogó Lucas.

—Encerrados en la biblioteca. No les permiten salir de allí... —El camarero negó con la cabeza—. Debéis entregaros cuanto antes... Si supieran que estoy hablando con vosotros me cortarían la cabeza...

El camarero hizo ademán de seguir avanzando con el carro, pero Rowling le detuvo agarrándole del brazo.

—Tienes que ayudarnos —le suplicó.

—No puedo, me debo a los míos... Tengo esposa e hijos...

—Solo tienes que ayudarnos a llegar hasta el comedor. Nosotros haremos el resto —insistió Lucas—. Este carro es lo suficientemente grande para los tres. Nos esconderemos aquí dentro y podrás llevarnos hasta allí sin que nadie sospeche.

—Es demasiado peligroso... —se quejó el camarero.

—Si nos pillan no sabrán que nos has ayudado. Diremos que nos hemos colado dentro sin que te dieras cuenta...

El camarero resopló.

—Venga, vamos, ¿a qué esperáis? ¡Entrad de una vez! —aceptó finalmente.

El carro era más pequeño de lo que parecía a primera vista, de modo que apenas cabían en el interior. Era muy estrecho y estaba formado por armarios metálicos. Los tres tenían las rodillas pegadas a la cara, y los cuerpos, enganchados el uno con el otro. Pero lo peor aún estaba por llegar. El camarero cerró las puertas de los armarios, y la más absoluta oscuridad se cernió sobre ellos. Les invadió una desagradable sensación de claustrofobia.

—Esto es inaguantable —susurró Úrsula—. Nos asfixiaremos aquí dentro...

—Solo serán unos minutos —intentó animarla Lucas—. Tenemos oxígeno de sobra. Mientras tanto cerrad los ojos e intentad relajaros.

—Ahora callad —ordenó la voz del camarero, y notaron que el carro empezaba a avanzar.

—¿Adónde vas? —dijo una voz que no reconocieron. Debía de tratarse del hombre armado que custodiaba el pasadizo.

El carro se paró.

—He olvidado algo en el piso superior —se excusó el camarero.

—¿Qué llevas ahí dentro? —le interrogó.

—Nada, bártulos de limpieza. Puedes echarle un vistazo, si lo deseas...

Hubo un silencio demasiado largo. Lucas temió que la puerta del armario se abriera de un momento a otro, pero no ocurrió.

—Sigue adelante... —ordenó la voz.

El carro continuó avanzando por el pasillo hasta que se detuvo otra vez. Oyeron el cling-clong del montacargas y notaron como el camarero introducía el carro en el ascensor.

Momentos después oyeron que las puertas del ascensor se abrían de nuevo, y el carro recorrió otro pasadizo. Al cabo de unos segundos que parecieron horas volvió a detenerse.

—Esperad un momento —dijo la voz del camarero.

No sabían qué estaba ocurriendo allá fuera, y la espera se hizo insoportable. Cada vez les costaba más respirar, y Lucas sintió la tentación de abrir el armario metálico para que entrara aire fresco. Empezaba a sentirse mareado y le dolía la cabeza. La voz del camarero fue un regalo para sus oídos.

—Ya está, camino despejado —les informó.

El primero en salir fue Lucas. Tenía los músculos agarrotados y la necesidad de estirar las piernas, pero cuando se puso en pie y miró a su alrededor se quedó petrificado. Aparte del camarero, les rodeaban tres intrusos vestidos con el uniforme negro y con aquella extraña arma de fuego en las manos. Les estaban esperando.

—Os hemos pillado, listillos... —dijo uno de ellos.

Era el mismo tipo que había abierto la puerta de la bodega a patadas. Le secundaban un anciano que parecía aún mayor que el doctor Kubrick y una chica joven y guapa que no debía de superar los treinta. Los tres les contemplaban con una expresión muy seria en la cara. El camarero, en cambio, tenía la mirada baja, como si estuviera estudiando el color de sus zapatos.

—¡Eres un traidor! —le recriminó Úrsula.

El camarero, avergonzado, no tuvo ni el ánimo de mirarles a la cara.

—Lo siento, tengo esposa e hijos...

—¡Y el coraje de una gallina! —replicó la chica, al tiempo que perdía los estribos. Se abalanzó sobre el camarero y empezó a atizarle.

—¡Quieta o disparo! —ordenó el uniformado de la barba apuntando con el arma.

Pese a que Rowling intentó detenerla, Úrsula estaba fuera de control y siguió cosiendo a manotazos y patadas al camarero, que se limitó a protegerse de los golpes. El uniformado levantó su arma con la intención de golpear a Úrsula con la culata, pero Lucas se interpuso en su camino. Lanzó una patada que le dio de lleno en la rodilla. El hombre trastabilló y cayó al suelo, aunque apuntó a Lucas con su arma y disparó.

Un dolor agudo y lacerante recorrió el sistema nervioso de Lucas, desde la cabeza hasta las puntas de los dedos de los pies. Se desplomó en el suelo gritando, incapaz de entender lo que le ocurría. Se revolcó de dolor mientras notaba como Rowling le cogía del brazo y apartaba la mano al instante, lanzando otro grito de dolor.

—No le toquéis si no queréis llevaros un buen calambrazo —les advirtió el uniformado de la barba levantándose del suelo—. Le he disparado con una pistola eléctrica. En este momento cientos de voltios recorren su cuerpo...

Poco a poco el dolor empezó a menguar. Lucas tenía la respiración entrecortada y temblaba violentamente, pero dejó de gritar. Todos los pelos de la cabeza se le habían erizado, y su aspecto habría resultado gracioso si la situación no hubiese sido tan dramática.

—¡Sois unos criminales! —exclamó Úrsula, furiosa e impotente.

—En absoluto —respondió el uniformado de la barba—. Hemos venido para rescataros. Nuestro jefe os explicará personalmente de qué va todo esto...

Después de aquel terrible calambrazo, a Lucas no le quedaba energía para discutir. Rowling y Úrsula le ayudaron a levantarse del suelo y obedecieron al pie de la letra las órdenes del uniformado de la barba.

Los tipos uniformados les obligaron a entrar en la cabina del capitán del barco por turnos. La primera fue Rowling, y la segunda, Úrsula. Las dos estuvieron dentro durante unos cincos minutos y a continuación fueron trasladadas a algún lugar del barco que Lucas desconocía. No tuvieron ocasión de cruzar ni una sola palabra. Se limitaron a mirarse durante un fugaz instante. Lo único que Lucas fue capaz de interpretar en los ojos de sus amigas era rabia y preocupación, pero sobre todo miedo.

Finalmente le llegó su turno.

—Andando —le ordenó el hombre de la barba con su peculiar voz ronca.

Lucas se levantó del suelo y se dirigió hacia la cabina del capitán. Entró sin llamar, dispuesto a no dejarse amedrentar

por quienquiera que estuviese en el interior. Sin embargo, el aspecto de su interlocutor, sentado en una silla delante del escritorio del capitán, no resultaba nada tranquilizador.

Era un hombre corpulento y de tez pálida, con una mandíbula ancha y cuadrada que le daba un aire duro y autoritario. No obstante, lo que más llamaba la atención de su apariencia física era el profundo corte que tenía en la cara. La cicatriz, de una tonalidad más blanca que la piel, le cruzaba el rostro desde la frente hasta media mejilla y se había llevado por delante su ojo izquierdo dejando un escalofriante agujero. Su único ojo era pequeño y brillante, de un azul tan claro que casi parecía transparente.

—Soy Asimov, el jefe del escuadrón que ha venido a salvaros —se presentó.

Su voz viril transmitía una amenazadora tranquilidad.

—¿A salvarnos de qué? —preguntó Lucas.

—Del doctor Kubrick y su apestosa Secret Academy, por supuesto —respondió—. Siento que mis hombres hayan tenido que reducirte a calambrazos. Les pedí que evitaran usar la violencia. Espero que sepas perdonarles...

A Lucas no le interesaban sus disculpas. Quería respuestas.

—¿Sois Escorpiones? —le preguntó.

—Así es —reconoció Asimov—. Aunque supongo que el doctor Kubrick ya se habrá encargado de retratarnos como unos malvados demonios que solo quieren haceros daño, pero no debéis confundiros. En realidad, es ese viejo loco el malvado, el mayor peligro para la humanidad que jamás haya existido...

—¿Y vosotros no?

—Los Escorpiones somos la única esperanza. Pronto todos vosotros os convertiréis en agentes de nuestra organización...

—¿Y si nos negamos?

—No existe esa posibilidad, mi joven amigo —le respondió—. A partir de ahora tendrás que obedecer todas nuestras órdenes sin rechistar. La férrea disciplina es el único camino para la salvación. Y ahora vete de aquí.

Lucas no respondió. Le dio la espalda y se dirigió hacia la salida.

—Joven —le interrumpió Asimov levantándose de la silla. Su altura le daba un aspecto tan imponente que intimidaba—. Sé que por tu cabeza pasa la posibilidad de escapar. Olvídate de ello. Intenta alguna jugarreta, y ordenaré que te aten los pies con cadenas de acero y arrojen tu cuerpo al océano.

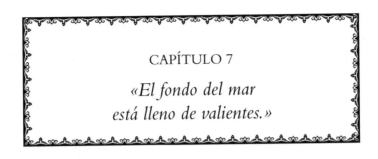

CAPÍTULO 7

«El fondo del mar está lleno de valientes.»

La biblioteca del barco, de paredes firmes y gruesas, estaba diseñada para aislar cualquier sonido y conseguir un absoluto silencio en el interior. Era una amplia sala repleta de estanterías atestadas de libros que llegaban hasta el techo. En el centro había una larga mesa de madera rectangular rodeada de cómodas sillas. El lugar invitaba a la lectura, pero, pese a que todos los asientos se hallaban ocupados, nadie estaba leyendo.

Todos los alumnos de la Secret Academy estaban allí, guardando un escrupuloso silencio. Lucas estudió su aspecto. Parecían alicaídos, como si los Escorpiones les hubieran arrebatado la energía. Apenas se miraban los unos a los otros, y Martin, que siempre presumía de ser muy valiente, parecía tan resignado y dócil como una oveja.

Lucas notó un cosquilleo en las yemas de los dedos. Al igual que a los demás, los secuestradores del barco le habían atado las manos a la espalda, y el nudo era tan fuerte que dificultaba la circulación de la sangre. Movió los dedos insistentemente y consiguió que no se le durmieran las manos.

—Tenemos que escapar como sea... —susurró.

Intentó decir aquellas palabras en voz baja para que solamente le oyeran Úrsula y Rowling, sentadas a su lado, pero atrajo la atención de la Escorpión que vigilaba la sala.

—¡Silencio! —gritó.

Era una mujer rubia y de ojos azules, más joven que cualquiera de los otros secuestradores. Su cara era lo bastante hermosa como para convertirse en portada de cualquier revista de moda, y el ceñido uniforme no lograba ocultar las vertiginosas curvas de su cuerpo de gimnasio.

Pese a su evidente atractivo, solo conseguía inspirar temor. Se acercó a ellos con cara de pocos amigos y apuntándoles con el arma eléctrica. Un escalofrío recorrió el cuerpo de Lucas al recordar el intenso dolor que había sufrido con el calambrazo.

—Si alguien vuelve a hablar será trasladado a una celda de castigo —les amenazó—. Y os garantizo que allí sufriréis lo que no está escrito...

Lucas estaba seguro de la sinceridad de sus palabras y bajó la mirada fingiéndose más asustado de lo que en realidad estaba. De reojo, vio como la Escorpión regresaba a la silla donde se encontraba sentada y depositó el arma eléctrica encima de la mesa. Abrió el libro que tenía delante y continuó leyendo tranquilamente.

Hablar resultaba demasiado peligroso, pero Lucas no podía resignarse a aquella situación sin tratar de escapar. Miró fijamente a Úrsula esperando que la chica italiana entendiera su plan. A continuación, con extrema cautela, Lucas consiguió acercar su silla a la de Úrsula. Se inclinó a un lado disimuladamente y alargó los brazos tanto como pudo. Momentos después, notó el roce cálido de sus dedos en la mano.

«¡Genial! ¡Me ha entendido!», pensó Lucas.

Úrsula había demostrado ser muy mañosa con los nudos marineros durante el viaje en barco, pero deshacer las ataduras de Lucas no era nada fácil, sobre todo porque ella también tenía las manos atadas a la espalda y no podía ver nada.

La única que pareció darse cuenta de lo que ocurría fue Rowling. No podía ayudarles mucho, pero se inclinó hacia delante para taparles un poco con su cuerpo.

Lentamente Úrsula fue familiarizándose con el nudo que mantenía atadas las manos de Lucas. Guiándose por el tacto, consiguió adivinar dónde empezaba. Con mucha paciencia, sus diestros dedos empezaron a aflojarlo. La tarea le llevó varios minutos pero, al fin, Lucas notó que las cuerdas dejaban de ceñirse alrededor de sus muñecas.

«¿Y ahora qué?», se preguntó. No tenía las manos atadas, pero la Escorpión seguía teniendo el arma muy cerca. Aún no había decidido qué hacer cuando se abrió la puerta de la biblioteca. El mismo camarero que les había delatado entró en la sala arrastrando un carrito lleno de bebidas. Le acompañaba otro Escorpión al que Lucas conocía demasiado bien:

el tipo de la barba que le había disparado con la pistola eléctrica.

—Ya me quedo yo con ellos —dijo con su voz ronca.

—Como quieras —respondió la Escorpión.

La mujer se levantó de la silla y abandonó la biblioteca con la pistola eléctrica en la mano.

El camarero comenzó a repartir las bebidas. Eran vasos de cartón con una tapa de plástico y una pajita para que pudieran beber con las manos atadas a la espalda. Lucas se enrolló como pudo la cuerda a las muñecas y fingió estar atado, pero de todos modos el camarero no se habría dado cuenta. Debía de sentirse tan avergonzado de haberles entregado a los Escorpiones que sirvió los vasos a toda prisa, evitando mirarlos a la cara. En cuanto hubo terminado, se apresuró a abandonar la biblioteca con la cabeza gacha.

El Escorpión de la barba empezó a pasear por la biblioteca con el arma eléctrica en la mano. Sus ojos negros centellearon vivaces mientras se clavaban en los rostros de sus rehenes.

—Alimentaos —ordenó—. El capitán Asimov, como muestra de su buena voluntad, ha pedido que os traigan sopa para comer. Agradecédselo, pues si hubiera dependido de mí no habríais probado bocado en todo el día...

Algunos de los chicos se inclinaron para probar el brebaje. Era una sopa caliente que sabía bastante bien a pesar de que no podían tomarla con cuchara.

Rowling miró a Lucas de reojo y le hizo un guiño. A continuación y, ante su sorpresa, tiró el vaso de plástico encima de la mesa empujándolo con la cabeza.

—Lo siento, señor —se disculpó Rowling. Sus bonitos ojos verdes se anegaron repentinamente en lágrimas—. ¿Podría hacer el favor de recogerme el vaso? Tengo muchísima hambre...

Lucas no lograba entender qué se proponía. La tapa de plástico cerraba herméticamente el vaso y la sopa no había salpicado la mesa de madera.

—¡Maldita patosa! —exclamó enfurecido el Escorpión.

Malhumorado, el corpulento hombre de la barba se acercó hacia Rowling, sentada a la derecha de Lucas.

El Escorpión sujetó su arma eléctrica con la mano izquierda mientras se inclinaba para levantar el vaso. Entonces Lucas entendió la artimaña de Rowling. Sabía que una oportunidad como aquella no volvería a presentarse y decidió aprovecharla. Dejó caer la cuerda al suelo y, con un movimiento rápido y brusco, agarró la pistola eléctrica y tiró con todas sus fuerzas, como un jugador de baloncesto que intenta arrebatarle el balón a un rival. El Escorpión de la barba, totalmente desprevenido, notó que el arma se deslizaba de entre sus dedos y, cuando se giró para mirar, Lucas ya se había alejado un par de pasos y le apuntaba con la pistola.

—Quieto o disparo —le amenazó.

El Escorpión de la barba, tras la sorpresa inicial, esbozó una sonrisa. No parecía nada intimidado.

—Devuélveme la pistola, niño, o tendré que hacerte daño de verdad...

—Arrodíllate en el suelo y pon las manos encima de la cabeza —respondió Lucas.

Había oído aquella frase en una película y la había soltado de sopetón, sin apenas pensarlo.

—Y un cuerno me voy a arrodillar —replicó el Escorpión—. Vas a entregarme el arma ahora mismo o me ocuparé personalmente de que todos tus compañeros paguen por tu osadía...

—Haz lo que te pide —intervino Martin muy nervioso—. Vas a conseguir que nos maten a todos...

—Ya le has oído —dijo el Escorpión—. Sigue el consejo de tu amigo...

—No es mi amigo —respondió Lucas—. Y si no te arrodillas ahora mismo, dispararé... Te advierto de que en mi barrio no repetimos las cosas más de dos veces.

Lucas procuró sonar seguro de sí mismo, pero era la primera vez en toda su vida que tenía una pistola en las manos. Todos los ojos de la sala estaban puestos en él, y luchó por que el miedo no se reflejara en su mirada.

—Tú ganas, mocoso —cedió finalmente el Escorpión—. Me arrodillaré...

Lucas respiró aliviado. El hombre de la barba se inclinó para obedecer la orden. Estaba a punto de arrodillarse cuando, de repente, se abalanzó sobre Lucas. Alargó los brazos y sus enormes manazas intentaron aferrar la pistola, pero no lo consiguieron. Un oportuno calambrazo le dejó fuera de combate.

—Te lo advertí —dijo Lucas, que no podía creerse que hubiera sido capaz de pulsar el gatillo.

—¡Estás loco! —gritó Martin—. Ya están lo bastante cabreados como para que vengas tú a enfurecerles más...

El Escorpión había caído al suelo. Su cuerpo sufría unos dolorosos espasmos que Lucas conocía demasiado bien. El tipo le habría despertado lástima de no haber sido porque le había disparado con aquella misma pistola. Ahora dejaría de ser una molestia durante unos minutos.

—¡Ahora o nunca, chicos! —dijo Lucas, mientras se apresuraba a desatar a Rowling y Úrsula—. Huiremos en submarino...

—¡¿En submarino?! —le interrumpió Martin levantándose de la silla—. ¿Acaso sabes manejar un submarino?

—Tu abuelo nos ha dicho que huyéramos si nos topábamos con algún Escorpión —le recordó Lucas—. Somos casi veinte contra unos pocos secuestradores. Podemos lograrlo si somos valientes...

—El fondo del mar está lleno de valientes —replicó Martin—. ¿Acaso no te has enterado de lo que van a hacer con nosotros si intentamos huir? Nos atarán los tobillos a cadenas de acero y nos arrojarán por la borda...

—¡Cumpliremos nuestra amenaza! —gritó el Escorpión—. Activad la alarma antiincendios o habrá represalias.

Aún estaba en el suelo, pero ya empezaba a recuperarse del calambrazo.

—Cállate o te ganarás otro disparo —le amenazó Lucas.

Úrsula y Rowling se encargaron de atarle de pies y manos. Para asegurarse de que no pudiera activar la alarma antiincendios, una palanquita roja que estaba adosada a la pared, ataron su cuerpo a una pata de la mesa.

—Muy bien, que cada uno tome su propia decisión —concluyó Lucas dirigiéndose hacia sus compañeros—. Que se levanten de la silla los que quieran venir con nosotros...

—¡Todo el mundo sentado! —ordenó Martin.

Lucas vio miedo en los ojos de la mayoría de los alumnos de la Secret Academy. El pequeño Tolkien estaba pálido como una hoja de papel, Orwell ni tan siquiera se atrevía a mirarle a la cara, y las gemelas Laura Borges y Julia Cortázar estaban más calladas que la muerte. Ninguno de ellos hizo el más mínimo movimiento.

—¿Nadie? —preguntó enfadado Lucas—. Podríamos haber huido hace rato, pero no lo hemos hecho... Hemos venido a por vosotros, para que pudiéramos escapar todos juntos...

Todos bajaron la mirada salvo Martin, que sacaba pecho porque el grueso de la clase le había obedecido.

—Tenemos que irnos —le apremió Rowling, que ya había acabado de atar al Escorpión.

Se había armado un gran jaleo allí dentro, pero lo más probable era que los otros secuestradores no hubieran oído ningún ruido sospechoso gracias a las gruesas paredes que aislaban la biblioteca.

Lucas había intentado liberar a sus compañeros, pero habían decidido rechazarle. Su destino a manos de los Escorpiones ya no era asunto suyo.

Salieron de la biblioteca a toda prisa y cerraron la puerta para que el Escorpión no pudiera alertar a los demás con sus gritos. Encontraron el pasillo despejado y decidieron tomar el montacargas para descender hasta la bodega. Cuando las puertas del ascensor se abrieron, empezó a sonar una machacona sirena a través de los altavoces del barco.

—¡La alarma antiincendios! —maldijo Úrsula.

Lucas pulsó el último botón y bajaron hasta la planta de la bodega. En cuanto se abrieron las puertas del montacargas, salieron corriendo como si les persiguiera el demonio y se colaron en la bodega por el boquete que el Escorpión había abierto a patadas.

Estaban a punto de conseguirlo. Solo les faltaba ser capaces de pilotar un submarino.

CAPÍTULO 8

«Pues que parlamenten con el pulpo.»

El submarino, sumido en la oscuridad, se hundía inexorablemente en las profundidades del océano. Era una sensación angustiosa que se concentraba en la boca del estómago, como en el vertiginoso descenso de una montaña rusa. A través del periscopio, Rowling constató que la caída era imparable mientras trataba de mantener el equilibrio.

—¡Estamos bajando en picado! ¿Alguien puede explicarme qué ocurre?

—Creo que el submarino está parado. Por eso nos estamos hundiendo —explicó Úrsula.

La chica italiana había encontrado un pequeño mando a distancia con un botón rojo en la sala de control del submarino y lo había pulsado. Como consecuencia, las compuertas del barco se habían abierto y, ante su sorpresa, el submarino había empezado a sumergirse en el agua. Durante un instante se quedaron petrificados, con la boca abierta, mirando incrédulos a su alrededor, pero tenían que reaccionar antes de que fuera demasiado tarde.

—¿Crees que podrás arrancar este chisme? —preguntó Lucas con desesperación.

—Bueno, la verdad es que tiene más botones que el mando de mi videoconsola, pero lo intentaré... —contestó Úrsula.

El submarino estaba casi a oscuras, y a medida que descendían había menos luz. Úrsula trataba de descifrar el funcionamiento del aparato observando detenidamente el complejo sistema de la sala de control, aunque no había quien se aclarase con tantos interruptores y palancas.

De repente se produjo un gran estruendo precedido de una fuerte sacudida.

¡CRASH! Los tres perdieron el equilibrio y cayeron al suelo.

—¿Estáis bien? —preguntó Lucas, levantándose del suelo.

Las dos chicas asintieron con la cabeza.

—Parece que ha terminado el descenso —dijo Úrsula.

—¡Es verdad! —exclamó Rowling mirando por el periscopio—. Puedo ver el suelo. Está lleno de coral...

Lucas y Úrsula tenían algo más importante entre manos que admirar la belleza submarina del Atlántico. Si querían escapar, necesitaban arrancar el submarino. Úrsula empezó a pulsar botones y a bajar palancas, pero nada ocurrió. Pasaron los minutos y no consiguieron el más mínimo resultado.

No querían ser pesimistas, sin embargo, la posibilidad de que aquel viejo submarino no funcionase les angustiaba.

—¡¡¡Ayyy!!! —gritó Rowling alarmada—. ¡Un pulpo! ¡Hay un pulpo!

La voz de la chica denotaba peligro, y ambos se giraron hacia ella.

—¿Es un pulpo gigante? —preguntó Lucas temiéndose lo peor.

—Bueno... la verdad es que es bastante pequeño, pero da un poco de asco —admitió Rowling tras darse cuenta de que había exagerado un poco.

Lucas le dedicó una mirada severa. Ya tenían suficientes problemas como para que encima Rowling les distrajera con tonterías.

—¡Los pulpos no nos interesan! —le regañó—. ¡Solo queremos que este trasto se encienda de una vez!

En ese instante se produjo un destello de luz. Los fluorescentes del techo empezaron a parpadear hasta que una luz tenue y azulada iluminó el interior del submarino.

—¡Hurra! —gritó Úrsula— ¡Solo había que pulsar la tecla adecuada!

Una enorme sonrisa se dibujó en sus labios, pero no tuvieron tiempo de celebrarlo. De repente oyeron un ruido sordo. Algo golpeaba la chapa metálica del submarino.

—No creo que eso sea un pulpo... —dijo Lucas.

Rowling se apresuró a mirar por el periscopio.

—¡Un submarinista! —exclamó, y cedió el periscopio a Lucas para que lo comprobara.

En efecto, un hombre vestido con traje de neopreno y unas bombonas de oxígeno en la espalda golpeaba la chapa del submarino con un palo. Era imposible reconocerle porque llevaba el rostro cubierto, pero Lucas estaba seguro de que se trataba de un Escorpión.

—¿Es que no van a dejar de perseguirnos nunca? —se quejó Lucas—. No nos dejan tranquilos ni en el fondo del mar...

Lucas observó atentamente al submarinista. En el extremo del palo había atado un trapo de color blanco. Lo agitaba como si de una bandera blanca se tratara. Intentaba llamarles la atención, como si quisiera hablar en son de paz.

—Creo que quieren parlamentar... —dijo Lucas.

—Pues que parlamenten con el pulpo —respondió Úrsula.

La chica italiana se sentía optimista. Con las luces encendidas era capaz de ver a la perfección el panel de control. Encendió el radar y un montón de lucecitas iluminaron la pantalla. Activó los motores y todos percibieron un leve rugido.

¡BUM! ¡BUM! ¡BUM!

Los golpes sordos resonaron con más ímpetu en la cabina. El submarinista, fuera de sí, golpeaba violentamente la chapa con el palo y pegaba patadas, como si pretendiera abrir un boquete.

Úrsula localizó un aparato en un rincón de la sala y lo encendió. Se parecía vagamente al GPS que su padre llevaba en el coche. Una voz metálica surgió de los altavoces.

—Escoja su destino, por favor.

Úrsula tecleó en la pantalla táctil y seleccionó la entrada DESTINOS FAVORITOS. Esbozó una sonrisa cuando vio una de las opciones. Accionó la palanca de piloto automático y se giró hacia sus amigos.

—Decidle adiós al submarinista Escorpión, chicos —dijo satisfecha—. Nos vamos a la Secret Academy...

El submarino ascendió unos metros y empezó a moverse. Poco a poco fue cogiendo gran velocidad...

Gracias al piloto automático, la situación parecía bajo control. Si no sufrían ningún lamentable incidente, tarde o temprano acabarían llegando a la Secret Academy. Más relajados, tuvieron la oportunidad de examinar el submarino de arriba abajo. Era un lugar gris, iluminado por una luz metálica y triste. Un largo y estrecho pasadizo comunicaba los distintos compartimentos, desde la sala de control hasta los dormitorios.

Contenía todo lo necesario para sobrevivir y poco más. Uno de los habitáculos hacía las veces de comedor y cocina al mismo tiempo. Había tres o cuatro mesas con sillas clavadas al suelo, una pequeña cocina de gas y un armario que servía como despensa. Lo que encontraron allí no les despertó precisamente el apetito. Estaba lleno de conservas enlatadas. Había alubias, garbanzos y lentejas. Decenas y decenas de botes, pero no había nada más salvo unos cuantos tarros de piña y melocotón en almíbar.

—Espero que estemos cerca —dijo Úrsula—. Odio las alubias, aborrezco los garbanzos y no puedo con las lentejas...

—Al menos es mejor que tomar sopa con una pajita y las manos atadas a la espalda... —respondió Lucas.

Entonces se dirigieron hacia el dormitorio. Estaba formado por columnas de estrechas literas que llegaban prácticamente hasta el techo. No había ninguna concesión a la comodidad. Los colchones eran duros como una tabla de planchar y tan cortos que parecían más adecuados para un niño de ocho años que para un adulto.

—Creo que voy a echarme una siesta —dijo Lucas.

Tras las horas de inaguantable tensión necesitaba una tregua, cerrar los ojos y olvidarse durante un rato de todos los peligros que había vivido.

—Yo me ocupo del submarino —respondió Úrsula.

Rowling tampoco tenía ganas de dormir, de modo que las dos chicas le dejaron solo en el dormitorio.

Lucas escogió una litera al azar, se acomodó debajo de las sábanas y cerró los ojos. Antes de dormirse pensó que la almohada estaba dura. Ni tan siquiera podía sospechar que debajo de su cabeza se encontraba el diario secreto del doctor Kubrick.

CAPÍTULO 9

*«Meteora es el futuro. El que controle
Meteora controlará el mundo.»*

Lucas se desperezó bostezando y se sentó en la cama con los pies colgando de la litera. No tenía ni idea de cuántas horas había dormido, porque dentro del submarino siempre había la misma luz gris y metálica, y resultaba imposible distinguir el día de la noche. En cualquier caso, Úrsula y Rowling no estaban allí, y el dormitorio se hallaba completamente vacío.

Lucas estaba a punto de saltar de la cama cuando le pareció ver algo debajo de su almohada. La apartó extrañado y vio una pequeña libreta de tapas negras forrada de terciopelo. La hojeó pasando las páginas rápidamente y vio que algunas de ellas estaban escritas con una caligrafía que le pareció antigua y pasada de moda. Su curiosidad se multiplicó cuando leyó el título: «Diario del doctor Kubrick». Sus ojos se clavaron en el texto, ansiosos por encontrar respuestas.

16 de septiembre

Ya estamos en el submarino camino de la isla. Neal Stephenson asegura que la réplica virtual de Meteora ya está en nuestro poder. Hay que mantenerlo en secreto cueste lo que cueste. Meteora es el futuro. El que controle Meteora controlará el mundo. La cuenta atrás ha comenzado, y no permitiré que los Escorpiones nos ganen la partida.

17 de septiembre

Nunca he invertido mejor mi dinero que apostando por Neal Stephenson. Es el mayor genio que he conocido en toda mi vida. Uno puede dejar volar su imaginación, pedirle lo que sea, y él lo convierte en realidad. Apenas duerme. Un par de horas de sueño y vuelve a teclear compulsivamente en su ordenador, programando y diseñando el mundo virtual que nos permitirá entender a Meteora. Solo me inquieta su devaneo con la doctora Shelley. Últimamente están haciendo buenas migas y me preocupa que esto le distraiga.

18 de septiembre

Se han confirmado mis sospechas. Neal Stephenson y la doctora Shelley se han enamorado y quieren casarse mañana mismo. Como capitán del submarino, me corresponderá a mí oficiar la ceremonia.

19 de septiembre

Ya están casados. La doctora Shelley me ha pedido que les conceda un par de semanas de vacaciones para que puedan hacer el viaje de novios. Muy a mi pesar, he tenido que negarme. El tiempo apremia, y no puedo correr riesgos. Neal debe seguir trabajando duramente. Necesito que todo esté preparado para cuando consiga encontrar a los chicos.

20 de septiembre

La doctora Shelley se ha enfadado conmigo por mi desconfianza. Me ha preguntado dónde está la isla Fénix, el lugar donde fundaré la Secret Academy, y me he negado a responderle. Es demasiado peligroso que su localización exacta se difunda, porque pondría en peligro a los chicos y la operación Meteora. Tengo que ir con pies de plomo. No puedo fiarme de NADIE.

Lucas estaba confuso. Aún estaba medio adormilado y se sentía incapaz de digerir tanta información. ¿Un mundo virtual? ¿La operación Meteora? ¿Neal Stephenson? El único nombre que le sonaba era el de la doctora Shelley, la mujer con pinta de corredora de fondo que se había personado en su casa para hacerle la revisión médica.

Lucas ojeó todas las páginas de la libreta, pero no había nada más. Se frotó la cara con las manos y saltó de la cama. Su pelo estaba despeinado, y tenía la marca de la almohada grabada en la mejilla izquierda. Abandonó el dormitorio y recorrió el claustrofóbico pasadizo central del submarino hasta la sala de control. Bajo aquella luz gris y deprimente solo se oían el zumbido de los motores y el tictac continuo que emitía el radar del submarino.

—Creo que he dormido en la cama del doctor Kubrick —dijo al entrar—. Su diario personal estaba debajo de mi almohada.

Lucas les mostró la libreta negra, y Úrsula y Rowling se abalanzaron sobre ella como moscas a la miel. Como las dos estaban ansiosas por leerlo acabaron por compartir la lectura.

—¿Alguien sabe qué demonios es eso de Meteora? —preguntó Úrsula cuando terminó de leer el diario.

Lucas se encogió de hombros. Era la primera vez en su vida que oía aquella palabra.

—Ni idea, pero debe de ser muy importante para el doctor Kubrick —apuntó Rowling—. El viejo ha escondido la Secret Academy en una isla secreta para estudiarlo, sea lo que sea...

—Supongo que nos lo explicarán cuando lleguemos —opinó Lucas—. ¿Cuánto nos falta?

—No estoy segura —respondió Úrsula mirando el radar. Un puntito de color verde que representaba el movimiento del submarino se acercaba inexorablemente hacia su destino—. Creo que un par de horas...

No fueron dos horas, sino dos largos y tediosos días desayunando alubias, comiendo garbanzos y cenando lentejas. El aburrimiento había sido mayúsculo, pero al fin las lucecitas del radar indicaron que el submarino estaba llegando a la Secret Academy.

Lucas sintió como se le aceleraba el pulso y se le agarrotaban las cervicales. No podía negarlo: estaba nervioso.

—Será raro estudiar en una escuela donde solo hay tres alumnos —comentó Rowling.

—Ya veremos qué pasará... —respondió Lucas, y se guardó la libretita con el diario secreto del doctor Kubrick en el bolsillo de los pantalones.

El submarino aminoró progresivamente la velocidad hasta detenerse por completo. Los tres se dirigieron hacia la escotilla y la abrieron expectantes. Un rayo de luz les iluminó el rostro obligándoles a entrecerrar un poco los ojos.

Subieron los peldaños de la pequeña escalera y contemplaron el maravilloso espectáculo que les aguardaba en el exterior. Se habían detenido en las plácidas aguas de una playa paradisíaca cuyas olas parecían lamer con deleite la arena

blanca. Recorrieron el techo del submarino y saltaron a la playa. Nunca habían visto un atardecer tan bonito. El sol, rojizo y dorado, se hundía lentamente en las aguas del océano.

—¡Esto es increíble! —exclamó Rowling—. ¡Mirad allí!

A unos cien metros, había un edificio moderno. Era de un azul metálico y tenía forma de aleta de delfín. En medio de aquel paisaje casi virgen suponía un contraste de exuberante belleza.

—La Secret Academy... —susurró Lucas.

Caminaron por la arena satisfechos de pisar, al fin, tierra firme. Había cocoteros por todas partes, y en el horizonte se divisaba la oscura silueta de un volcán que dominaba el paisaje desde una colina.

Se dirigieron hacia el edificio, ansiosos por descubrir qué encontrarían allí. La entrada estaba franqueada por unas puertas de cristal que se abrieron automáticamente cuando se acercaron lo bastante. Accedieron al interior y se quedaron boquiabiertos por la modernidad de aquellas instalaciones. El suelo y las paredes estaban hechos de un material parecido al mármol, de un color gris plomizo completamente liso que se extendía por unas escaleras que serpenteaban elegantemente hacia los pisos superiores. Adosados a un rincón, cuatro montacargas metálicos ofrecían una alternativa a las escaleras para los más perezosos.

El lugar parecía completamente desierto.

—¿Hola? —preguntó Úrsula.

Su voz resonó entre las altas paredes de la planta baja, pero no obtuvieron ninguna respuesta. Ante ellos, un ancho pasadizo conducía hasta una imponente doble puerta metálica de más de tres metros de altura.

—¿Probamos por allí? —sugirió Rowling.

Lucas recorrió el pasadizo y empujó las puertas metálicas como un pistolero del Oeste que acabara de entrar en la taberna del pueblo.

Se quedó estupefacto, incapaz de reaccionar ante lo que veían sus ojos. Acababa de entrar en un amplio comedor abarrotado de gente sonriente que, entre aplausos y vítores, les dedicó una calurosa ovación.

—Ahora sí que no entiendo nada... —murmuró Úrsula detrás de él.

Todos estaban allí, tanto los Escorpiones que habían secuestrado el barco como el resto de los alumnos de la Secret Academy.

CAPÍTULO 10

«Ese tío la lió parda.»

Lucas, Rowling y Úrsula estaban pasmados, incapaces de reaccionar ante aquella inesperada ovación. Todos estaban allí; Salgari, Tolkien, Herbert, Chandler, Akira, las gemelas Laura Borges y Julia Cortázar, Margared y Christie les aplaudían entusiasmados con una sonrisa en la cara, mientras que otros como Quentin, Moorcock o Daishell lo hacían más tímidamente. La excepción era Martin. Con las manos enfundadas en los bolsillos, no parecía demasiado feliz de haberse reencontrado con ellos.

El jefe del escuadrón Escorpión dio un paso al frente y pidió silencio. Iba vestido exactamente igual que la última vez y trató de esbozar una sonrisa cordial y amistosa. La cicatriz que cruzaba la cuenca vacía de su ojo izquierdo, sin embargo, no conseguía darle un aspecto demasiado afable.

—Bienvenidos a la isla Fénix, vuestra nueva casa. Supongo que a estas alturas ya habréis deducido que no soy ningún Escorpión...

—¿Qué quieres de nosotros? —preguntó Lucas a la defensiva. Se había fijado en que ninguno de ellos iba armado y estaba preparado para salir corriendo a toda leche si las cosas se ponían feas.

—Soy Asimov, el jefe de estudios de la academia. Y me acompañan algunos de los profesores que os ayudarán a convertiros en expertos agentes del futuro.

Lucas reconoció a algunos de ellos porque habían participado en el falso secuestro del barco. Iban vestidos con el mismo uniforme negro de una sola pieza, pero en el torso, más o menos a la altura del corazón, llevaban cosido el logo de la Secret Academy. Entre otros, Asimov presentó a la hermosa profesora Verne, experta en biología y medioambiente, que les recibió con expresión dulce; o al profesor Clarke, especialista en astronáutica y viajes espaciales, un anciano de pose afable y calmada. Todos los profesores les recibieron con una sonrisa salvo Stoker, de geología, al que reconocieron como el Escorpión de la barba y la voz ronca. Tenía los brazos cruzados, y sus ojos fríos y negros parecían recordar con rencor el incidente que había tenido con Lucas.

—¡Sonreíd un poco, chicos! ¡Ya no hay Escorpiones en la costa! —exclamó Orwell.

Seguramente la cara de sorpresa que ponían Lucas, Rowling y Úrsula resultaba graciosa, y el comentario de su compañero hizo estallar en carcajadas a medio comedor. A Lucas le sentaron mal las risas. Estaba a punto de replicar, pero Úrsula se le anticipó.

—¡Basta de risas! —gritó furiosa—. ¡Ha sido una broma de muy mal gusto! Electrocutasteis a Lucas, y tuvimos que arriesgar nuestras vidas para escapar en un submarino...

—Pobrecitos... ¿Pasasteis mucho miedo? —se mofó Martin.

Un coro de risas secundó su estúpida burla, pero Asimov lo cortó de cuajo.

—¡Silencio! —exigió el jefe de estudios—. Todos vosotros estabais asustados, incluso más que Lucas, Rowling y Úrsula. Ellos actuaron con agallas, iniciativa y eficacia, y lograron huir del barco. Merecen nuestro respeto, y os garantizo que van a ser recompensados por su valentía y lealtad.

El discurso de Asimov enmudeció la sala, incluso a Martin, que tuvo que tragarse sus comentarios jocosos. Pero el jefe de estudios aún no había terminado y caminó hacia ellos mientras recuperaba su tono más conciliador.

—El doctor Kubrick tuvo la idea de fingir un secuestro y nos pidió a nosotros, los profesores, que nos hiciéramos pasar por agentes del enemigo... No era ninguna broma, Úrsula, sino una prueba. Los Escorpiones son una amenaza real, y es más que probable que en un futuro tengáis que enfrentaros a ellos... —explicó—. Aunque reconozco que la situación se nos escapó de las manos... Ni tan siquiera estábamos informados de que había un submarino a bordo, de modo que vuestra huida nos pilló desprevenidos. Yo mismo intenté alertaros del error tirándome al agua con un traje de neopreno.

—Si lo hubiéramos sabido... —se lamentó Lucas.

—En todo caso, ha sido una buena muestra del coraje que se os exigirá a partir de ahora —replicó Asimov—. Os pido disculpas en nombre de todo el profesorado de la academia. ¿Puedo hacer algo más por vosotros?

—Llevamos tres días comiendo alubias, lentejas y garbanzos —se quejó Rowling—. Dadnos algo diferente para cenar, y os perdonamos...

En esta ocasión, incluso Úrsula se echó a reír.

La cena fue un auténtico festín y todos los platos que les sirvieron estaban deliciosos, incluso las verduras y ensaladas, pese a que no eran precisamente los alimentos preferidos de Lucas.

La aventura con el submarino había despertado la curiosidad de muchos de sus compañeros, que les atosigaron a preguntas mientras comían. Lucas, entre bocado y bocado, procuraba responder quitándole heroicidad a la huida.

—Nos equivocamos al hacerle caso a Martin —reconoció Orwell algo avergonzado—. Deberíamos haberte seguido a ti, Lucas.

—Querrás decir a mí, a Rowling y a Úrsula, ¿no? —le corrigió.

—Sí, claro. —Orwell asintió.

Lucas se dio cuenta de que sus compañeros le veían como una alternativa a Martin, que trataba de erigirse en líder. Le miró de reojo y vio que estaba rodeado por un grupito de alumnos que parecían sus perros falderos. Hablaba con mucha seguridad, y Lucas recordó con rencor como había logrado convencer a todo el mundo para que se quedara en el barco.

«¿Por qué confiaron en él y no en mí?», se preguntó molesto, pero no dejó que el desagradable recuerdo le quitara el apetito.

Lucas comió hasta la saciedad, y con la tripa llena no pudo evitar pensar en su madre.

—¿Habéis podido hablar ya con vuestros padres? —preguntó.

—Sí, pero no podemos decirles nada sobre la academia, ni siquiera cómo es el sitio —respondió Tolkien.

—¿Cuándo empiezan las clases? —intervino Úrsula.

—Mañana —contestó Chandler—. Teníamos que empezar hoy, pero Asimov ha decidido esperaros. La verdad es que no nos hubiera importado que os pasarais un par de días más en el submarino... Nos hemos bañado en la playa, hemos practicado submarinismo e incluso hemos sobrevolado la isla en avioneta. Lo hemos pasado genial.

Aquello molestó sumamente a Úrsula, sobre todo por lo del viaje en avioneta, y el enfado no se le pasó ni cuando les mostraron las instalaciones de la Secret Academy. La segunda planta estaba únicamente dedicada a actividades de ocio. Había dos salas de cine, una biblioteca enorme, un cuarto para los juegos de mesa y una sala atestada de videoconsolas conectadas a grandes pantallas de televisión.

El lujo y la modernidad eran aún más exagerados en la tercera planta, donde se encontraban las habitaciones.

—Lo siento, chicos. Solo queda una habitación para tres —les informó Asimov.

Lucas hubiera preferido disponer de un cuarto para él solo para tener más intimidad. Le gustaba dormir en calzoncillos y pasearse sin camiseta, pero con dos chicas en su habitación se veía obligado a tener un comportamiento más formal.

—¡Genial! ¡Será muy divertido! —exclamó Rowling con una amplia sonrisa.

Sus ojos verdes relucieron con tanta ilusión que Lucas no se atrevió a contradecirla.

Recogieron el equipaje que habían tenido que abandonar en el barco y entraron en la habitación. Cada uno disponía de una cama de matrimonio, varios armarios para colocar su ropa y un baño propio con una bañera gigante. Sin embargo, lo que más impresionó a Lucas fue el ordenador de última generación que todos ellos tenían en su mesa de escritorio. Tenía muchas ganas de probar sus prestaciones, pero lo primero era lo primero.

—Tendríamos que charlar con nuestros padres, ¿no creéis? —propuso Lucas—. Hace días que no saben nada de nosotros, y deben de estar preocupados...

—¡Es verdad! ¡Casi me había olvidado! —exclamó Úrsula al tiempo que se sentaba frente a la pantalla de su ordenador.

Rowling no dijo nada, pero Lucas se dio cuenta de que su semblante se entristecía. A diferencia de Úrsula, que solía hablar mucho de sus hermanos, primos y abuelos, la chica irlandesa no había hecho ninguna referencia a su familia, y el tema siempre la incomodaba.

«Tal vez no se lleva bien con sus padres», pensó Lucas, pero decidió no hacer ningún comentario.

Lucas encendió el ordenador y se conectó a internet. El programa para chatear con su familia era muy fácil de usar, y en cinco minutos ya podía ver en la pantalla del ordenador el rostro preocupado de su madre.

—Estás como un fideo —le regañó—. ¿Por qué has tardado tanto en llamar?

Lucas se sentía muy feliz de volver a verla y trató de convencerla de que estaba comiendo de maravilla. La mujer le cosió a preguntas sobre la Secret Academy, pero Lucas no soltó prenda.

—Ya sabes que no puedo hablarte de ello, mamá —le respondió—. ¿Dónde está papá?

En España aún era media mañana, y su padre no estaba en casa porque había encontrado un empleo. La espléndida noticia parecía casi un milagro, porque su padre trabajaba en el sector de la construcción, donde había una crisis terrible y casi todo el mundo estaba en el paro. Lucas lo celebró junto a su madre y le pidió que le felicitara y le diera un gran abrazo de su parte.

Charlaron animadamente durante casi una hora hasta que decidieron despedirse. Entonces Lucas se levantó de la silla de su escritorio, feliz porque las cosas marchaban bien en casa. A su lado, tras una mampara, Úrsula estaba acabando de charlar con un montón de familiares alborotados que parecían competir por despedirse de ella entre risas, besos y gritos. Lucas pasó de largo rápidamente para no fisgonear y llegó hasta el escritorio de Rowling, situado al lado de la puerta de entrada.

La chica pelirroja también estaba enfrente del ordenador, pero no hablaba con nadie. En la pantalla había una fotografía de un chico de unos dieciocho años desaliñado, con acné en

la cara y el pelo rubio y espeso como la paja. Estaba esposado, y varios policías se abrían paso entre una multitud de periodistas equipados con micrófonos y cámaras de televisión.

—Ese tío la lió parda —le explicó Rowling cuando le vio llegar—. Hace doce años se coló en los servidores informáticos del Pentágono, la CIA y el FBI, y tuvo a Estados Unidos en la palma de su mano hasta que le detuvieron...

—¿Por qué lo hizo? —preguntó Lucas.

—Se ve que por pasar el rato. Le metieron en prisión hasta que alguien pagó una fianza multimillonaria. No llegaron a juzgarle porque desapareció del país. Desde entonces está en búsqueda y captura, pero no se sabe nada de él.

—Tal vez se lo cargaron —sugirió Lucas.

—No lo creo, seguro que está vivo y coleando —contestó Rowling.

Lucas aún no entendía la curiosidad de su amiga por aquel excéntrico hacker informático cuando Úrsula apareció a sus espaldas asomándose al ordenador para ver la fotografía.

—¿Quién es? —preguntó.

—Bastaba con buscar su nombre en Google —contestó Rowling enigmáticamente—. Se llama Neal Stephenson, como el informático que salía en el diario. Mi teoría es que el doctor Kubrick lo sacó de Estados Unidos para que le ayudara a fundar la Secret Academy...

«Y para llevar a cabo la operación Meteora», pensó Lucas recordando el diario secreto que tenía guardado en el bolsillo.

—Seguro que se esconde en la isla —opinó—. Tenemos que encontrarle y descubrir por qué nos han traído hasta aquí.

CAPÍTULO 11

«No me fío ni de los profesores ni de los alumnos ni de los científicos, ni siquiera del servicio que pone la mesa.»

Antes incluso de que hubiera salido el sol, todos los alumnos de la Secret Academy se reunieron en el subterráneo del edificio. Se encontraban en una cavidad rocosa ovalada, estrecha y de techos bajos que conducía hacia una sombría abertura. El lugar era oscuro, húmedo y olía a sal. Bajo sus pies, a pocos metros de profundidad, se oía nítidamente el sonido del mar.

Lucas sintió que le faltaba el aire. Todos estaban apretujados en aquella gruta natural, y le invadió una desagradable sensación de claustrofobia. Estaba convencido de que no había ninguna salida cuando la profesora Verne hizo acto de aparición, deslizando su estilizado cuerpo por una abertura entre dos rocas superpuestas que nadie había apreciado hasta el momento.

—Buenos días, chicos —soltó con naturalidad, como si entrar de aquel modo fuera lo más normal del mundo—. Pasaréis de uno en uno...

—¿De qué va todo esto? —preguntó Salgari.

—Todo a su tiempo —respondió enigmáticamente la profesora, y la gruta volvió a sumirse en el silencio más absoluto.

El primero en entrar por la abertura fue Martin, y tuvieron que esperar unos minutos para que la profesora Verne autorizara a pasar al siguiente alumno. Todos fueron entrando lentamente, hasta que, finalmente, le llegó el turno a Lucas.

Cruzó la abertura tallada entre las rocas y recorrió un túnel zigzagueante guiado por los tenues destellos de una luz mortecina. El túnel se estrechó gradualmente, y Lucas tuvo que recorrer los últimos metros arrastrándose por el suelo.

Asimov le esperaba en una amplia antesala de suelo irregular sujetando un candil con la mano derecha. El jefe de estudios le recibió con una sonrisa y le ofreció su perfil bueno, ocultando la sobrecogedora cicatriz que le cruzaba el ojo izquierdo.

—La vida es como un laberinto, llena de infinitas posibilidades y de complejas decisiones. Ha llegado el momento en que escojas uno de los cinco caminos.

En la antesala se bifurcaban cinco túneles de forma circular que se adentraban en las profundidades de la gruta. Cada uno de ellos emanaba una luz diferente. El primero era rojo; el segundo, blanco; el tercero, marrón; el cuarto, azul, y el quinto y último era de color verde.

—¿Cuál de estos caminos te atrae más? —le preguntó.

—¿Tengo que elegir un color? ¿Eso es todo? —dijo Lucas sin entender nada.

—Los colores dicen mucho de una persona. Reflejan personalidades y estados de ánimo. El túnel que elijas te definirá como estudiante en la Secret Academy —le explicó.

—¿Qué significa cada color? —preguntó Lucas.

—Representan los cuatro elementos. El rojo es el fuego. Simboliza la fuerza y el poder, el arrojo y la valentía, pero a veces el fuego es peligroso, difícil de controlar. Es un camino de héroes, pero también de villanos...

Lucas no se sintió demasiado identificado con el fuego y siguió escuchando.

—El segundo color, el blanco, representa el viento. El viento está en constante movimiento y es capaz de llegar hasta los lugares más recónditos. Representa la libertad, la improvisación y la aventura, pero también conlleva peligros, porque es caprichoso e inconstante y a menudo se desvía fácilmente de su objetivo...

Asimov estudió la expresión de Lucas acariciándose la ancha mandíbula y continuó con sus explicaciones.

—El siguiente túnel, el marrón, representa la tierra. Simboliza la firmeza, la resistencia y la tenacidad. La paciencia es una gran virtud, pero la tierra a veces es testaruda, incapaz de aceptar alternativas...

En esta ocasión, Lucas tampoco dijo nada.

—Y el cuarto elemento, como ya sabrás, es el agua, representada por el color azul. Es el camino del conocimiento y de las reflexiones profundas. La sabiduría puede conducir a grandes metas, pero a menudo es lenta y pasiva, incapaz de llegar a ninguna conclusión...

Asimov se quedó callado, esperando una respuesta de Lucas. Aún no le había hablado del quinto túnel, el que emanaba una luz de color verde.

—Que yo sepa, solo hay cuatro elementos... —dijo Lucas—. ¿Por qué hay un quinto camino?

—No estamos seguros de que este camino sea transitable —respondió Asimov—. Sabemos que el universo se expande más allá de la Tierra, con planetas y estrellas, pero el hombre apenas lo ha explorado. El camino de Meteora es incierto, tan lleno de interrogantes como de posibilidades. Lo representamos con el color verde de la esperanza porque tal vez allí encontremos las respuestas que estamos buscando. Meteora es para idealistas y soñadores, pero hay que ir con cuidado, porque solo sueñan los que duermen, y los que duermen no pueden cambiar el mundo...

«Meteora es el futuro», decía el diario del doctor Kubrick.

—Elijo el camino de Meteora —dijo finalmente mientras sus ojos se perdían en la luz verde que surgía del quinto túnel.

Lucas se introdujo en la abertura y caminó cautelosamente por el pasillo de piedra. El túnel, de paredes lisas y pulidas, tenía la forma de un perfecto círculo y emanaba una intensa luz verde que le obligaba a mantener los ojos entrecerrados. Tras recorrer unos quince metros se topó con una

puerta ovalada que le cortaba el paso. La empujó con decisión y entró en una pequeña sala.

Sentado en una silla, le esperaba el profesor Stoker acariciándose la espesa barba negra. Solo le quedaba pelo a ambos lados de la cabeza, pero se lo había dejado crecer hasta media espalda y lo llevaba atado en una cola de caballo.

—Empezaba a creer que ya no entraría nadie —refunfuñó malhumorado con su voz ronca.

Introdujo la mano en el interior de una caja, sacó una bolsa de plástico envuelta en papel de embalar y se la entregó a Lucas.

—Toma, tu uniforme será de color verde Meteora —le dijo.

—¿Qué es exactamente Meteora?

—No puedo hablarte de ello —replicó tajante.

Sus ojos negros le miraron fijamente, como si pretendiese adivinar sus pensamientos.

—¿Acaso no te fías de mí? —preguntó Lucas sosteniéndole la mirada.

—Claro que no —respondió—. Uno no puede fiarse de nadie, y mucho menos aquí, en la Secret Academy. No me fío ni de los profesores ni de los alumnos ni de los científicos, ni siquiera del servicio que pone la mesa. Sabemos que hay un topo al servicio de los Escorpiones que les ha estado pasando información. Y sospechamos que podría haber más.

—¿Por qué me cuentas todo esto?

—Crees que te guardo rencor porque me electrocutaste, pero no es así. Si alguno de los mocosos que acabáis de entrar en la academia merece mi respeto ese eres tú —le dijo—. Y ahora vete. Asimov quiere deciros unas palabras.

Lucas no podía evitarlo. La actitud huraña, casi agresiva, del profesor Stoker le inspiraba temor. Asintió con la cabeza y abandonó la habitación convencido de que tendría que ir con pies de plomo, calculando al milímetro cada uno de sus movimientos.

Todos los alumnos de la Secret Academy se reunieron en el comedor vestidos con el nuevo uniforme. Era exactamente igual que el que llevaban los profesores, con el color como única diferencia. Lucas se sentía bien con aquel uniforme verde. Era elástico y se ajustaba a su cuerpo. No sabía de qué tipo de tejido estaba hecho, pero resultaba fresco y confortable.

Tanto Rowling como Úrsula habían ido por caminos diferentes al suyo. Úrsula llevaba el uniforme color marrón de la tierra, mientras que Rowling, que no parecía nada satisfecha, lucía el blanco del viento.

—Si hubiera sabido que todo ese rollo servía para escoger el color del uniforme me habría pillado el rojo —se lamentó la chica irlandesa.

—¡Qué va! —exclamó Lucas sin pensarlo—. Estás fantásti... quiero decir que el blanco te queda bien...

—¿De veras? —preguntó Rowling halagada.

—¿Y qué te parece el mío? —intervino Úrsula.

Lucas pensaba que el marrón era el color menos bonito de los cinco, pero prefirió guardarse aquella opinión para sí mismo.

—Te sienta muy bien, Úrsula —mintió.

—Pues a mí el color marrón me recuerda a cuando tengo retortijones, Mala Leche...

Lucas se giró y vio a Martin, acompañado por Moorcock, Christie, Aldous, Quentin y Daishell. Parecía que se hubieran puesto de acuerdo, porque todos llevaban el uniforme del fuego. Formaban el equipo más numeroso y aquella circunstancia hacía que Martin estuviera más crecido que de costumbre.

—¿Tienes algún problema con el color de mi uniforme? —le preguntó Úrsula.

—Ninguno, solo que tiene el mismo color que... ya sabes... que la...

—¡Ya vale, Martin! —le interrumpió Lucas—. Piérdete por ahí y déjanos tranquilos.

—A mí no me des órdenes, Pringado, que eres el único freaky que ha seguido el camino de pedorra...

El chiste era malísimo, pero todos sus esbirros se rieron como si aquel juego de palabras fuera muy gracioso.

—Espero que estéis satisfechos con vuestra elección —dijo Asimov. Estaba encaramado en la tarima con pose solemne, y su voz alta y firme silenció todas las conversaciones—. Llevaréis este uniforme hasta que completéis vuestros estudios en la Secret Academy. Algunos de vosotros compartiréis color de uniforme, y espero que eso os ayude a reforzar vuestros lazos de amistad...

Lucas miró a su alrededor y se cercioró de que las palabras de Martin eran ciertas. El único alumno que había seguido el camino de Meteora era él. «Tendré que reforzar mis lazos de amistad conmigo mismo», pensó.

—Sin embargo, es necesario que todo los alumnos de la academia estéis unidos —continuó el jefe de estudios—. Es cierto que pertenecéis a equipos diferentes, pero recordad que estáis en el mismo bando y que tenéis que ayudaros los unos a los otros. Tarde o temprano deberéis colaborar cuando se os encomienden misiones.

Cada vez que oía aquello Lucas sentía que se le hacía un nudo en el estómago. ¿Qué clase de misiones deberían llevar a cabo? ¿Estarían relacionadas con la operación Meteora?

—Para acabar, quiero condecorar a tres alumnos por su valentía y fidelidad a la Secret Academy. Lucas, Rowling, Úrsula, acercaos a mí...

Los tres chicos hicieron lo que Asimov les pedía bajo la atenta mirada de los demás alumnos. Rowling y Úrsula fueron las primeras en subir a la tarima, cogidas de la mano y con una sonrisa dibujada en el rostro. Lucas, por su parte, lo hizo con una expresión seria, algo incómodo por ser el centro de atención.

Momentos después, el jefe de estudios prendió un pequeño círculo negro en el extremo izquierdo de sus uniformes, y Lucas no pudo evitar pensar en sus padres. Le habría gustado que pudieran ver como era condecorado.

—Concederé un círculo de liderazgo cada vez que un alumno de la academia realice alguna acción de mérito. El primero en conseguir cuatro círculos se convertirá en vuestro líder. El cargo conllevará mucha responsabilidad, porque será el encargado de diseñar los equipos de acción para las misiones y de definir las estrategias que seguir. Ese chico será vuestro faro, vuestro punto de referencia, y deberéis ejecutar sus órdenes al pie de la letra.

Salvo Martin y su camarilla, el resto de los alumnos de la academia premiaron a los tres condecorados con una calurosa ovación y cuando bajaron de la tarima la mayoría de ellos se acercaron para felicitarles y dedicarles unas palabras de ánimo. Martin, evidentemente, fue una de las excepciones.

—No te hagas ilusiones, Pringado —susurró al oído de Lucas—. Yo seré el líder de la clase, y tendrás que obedecer todas mis órdenes...

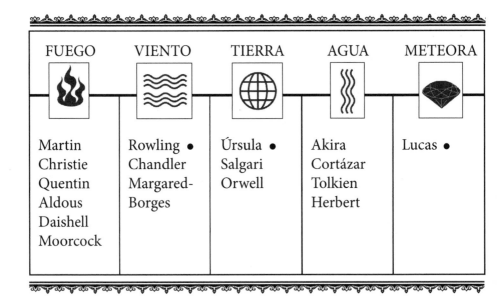

FUEGO	VIENTO	TIERRA	AGUA	METEORA
Martin	Rowling •	Úrsula •	Akira	Lucas •
Christie	Chandler	Salgari	Cortázar	
Quentin	Margared-	Orwell	Tolkien	
Aldous	Borges		Herbert	
Daishell				
Moorcock				

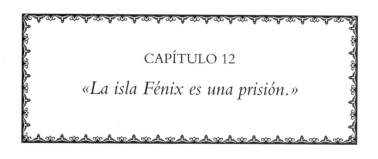

CAPÍTULO 12

«La isla Fénix es una prisión.»

Las tripas de Lucas rugieron recordándole que era hora de comer mientras descendían por la serpenteante escalera de la Secret Academy. Tras seis horas seguidas de clase le salía humo del cerebro y sentía la necesidad de alimentarse para reponer fuerzas.

—Dejemos las cosas en la habitación antes de bajar al comedor —sugirió Úrsula.

Entonces Lucas se dio cuenta de que la mochila en la que debería estar su ordenador portátil pesaba demasiado poco. La abrió y comprobó lo que ya sospechaba.

—¡Qué idiota! —exclamó en voz alta—. ¡Os alcanzo en dos minutos!

«Si te falla la cabeza, tendrás que usar las piernas», solía decirle su madre.

Lucas dio media vuelta y empezó a subir las escaleras maldiciendo su despiste. Su portátil estaba en clase, y no le hacía ninguna gracia que Martin o cualquier otro compañero se apoderara de él. Llegó hasta la cuarta planta caminando rápidamente y cruzó el pasillo esperando encontrarlo donde lo había dejado. Estaba a punto de irrumpir en el aula cuando una voz que surgía del interior le detuvo.

—Tenemos que abortar el proyecto —escuchó—. Es demasiado peligroso para los chicos...

Lucas reconoció la inconfundible voz del profesor Clarke y se quedó inmóvil como una estatua. Pegado a la pared, vislumbró una segunda sombra en el interior del aula.

—Ni hablar —replicó la voz impasible de Asimov—. Hoy vamos a estrenar la Academia Virtual pase lo que pase...

—Ya la estrenó Neal Stephenson en su momento, y lo que le ocurrió no fue para estar muy tranquilo...

—No vamos a probar con todos los alumnos —explicó Asimov—. Solo pediremos dos voluntarios...

—Pues no me gustaría estar en su piel... —replicó el anciano—. Ni en la del pobre Neal...

Lucas vio que las dos sombras se movían hacia el pasadizo. Retrocedió sobre sus pasos y entró precipitadamente en el laboratorio de química. Escondido detrás de la puerta, oyó a los dos profesores alejarse por el pasillo.

Después de comer, cuando aún estaban en el comedor, Asimov confirmó públicamente la inquietante noticia.

—Tenéis tiempo libre hasta las cinco de la tarde —les informó—. A esa hora os quiero a todos en la quinta planta del edificio. Hoy inauguraremos el proyecto estrella de nuestra escuela: la Academia Virtual.

Lucas esperó hasta quedarse a solas con Úrsula y Rowling para contarles lo que había descubierto.

—Quieren a dos cobayas —les advirtió—. Ni se os ocurra ofreceros voluntarias... Neal Stephenson probó la Academia Virtual y le ocurrió algo muy malo...

—Tenemos dos horas para averiguar qué fue lo que le pasó —dijo Úrsula comprobando su reloj.

Rowling no dijo nada. Se levantó de la silla y se puso a hablar con una mujer del servicio que estaba recogiendo la mesa del comedor. Momentos después, regresó junto a ellos.

—Nunca ha oído hablar de Neal Stephenson, pero me ha comentado que hay un edificio a un par de kilómetros donde trabaja un grupo de científicos —explicó—. ¿Qué os parece si echamos un vistazo?

No había tiempo que perder. Abandonaron la Secret Academy y tomaron un sendero que reseguía el este de la isla Fénix. A su derecha, el paisaje de arena blanca y mar cristalino parecía interminable, extendiéndose a lo largo de toda la costa. A su izquierda, en el interior, el contraste era considerable. El terreno árido daba paso a una espesa e inexpugnable jungla plagada de mosquitos que zumbaban a su alrededor.

Caminaron durante un par de kilómetros bajo un sol asfixiante hasta que empezaron a ver algunas casitas blancas, construidas en primera línea de mar.

—¿Quién debe de vivir aquí? —se preguntó Rowling.

—Los científicos, supongo —repuso Úrsula—. En algún lugar tendrán que dormir, ¿no?

Lucas miró hacia la playa, pero estaba desierta. Fuera quien fuera el que estaba allí no daba señales de vida.

Al cabo de unos minutos rodearon una bahía y se encontraron con el centro científico del que Rowling les había hablado. El edificio era bastante más bajo que la Secret Academy, pero era mucho más grande. Tenía una forma ovalada, sin ángulos, y los destellos del sol deslumbraban al rebotar contra las placas solares que cubrían la fachada.

—Esto es más grande de lo que había imaginado —comentó Lucas.

Aquel inmenso edificio debía de dar para algo más que un puñado de experimentos científicos, y mientras se dirigían hacia la puerta principal vieron una cincuentena de bicicletas y unos cuantos jeeps aparcados en la entrada.

—Dejadme hablar a mí —les pidió Rowling.

Llegó hasta la puerta principal y pulsó el timbre. Momentos después, un hombre con pinta de ser el portero salió a recibirles.

—Venimos a buscar a Neal Stephenson —dijo Rowling—. Órdenes del profesor Asimov.

El hombre se colocó las gafas y los miró extrañado.

—La autorización, por favor —exigió.

—No nos han dicho nada de autorizaciones —se quejó Rowling—. No nos hará regresar, ¿verdad? Ni siquiera vamos en bici...

El portero les examinó de arriba abajo y resopló incómodo. El calor era tan pegajoso que los tres estaban visiblemente sudados, y aquella circunstancia pareció ablandarle un poco.

—Vive en la playa de los cocoteros —les explicó señalando con el dedo—. Pero yo no os lo he dicho.

—Por supuesto que no —contestó Rowling, y se alejaron del lugar caminando rápidamente.

Rodearon el centro científico por la costa y llegaron hasta una hermosa playa repleta de cocoteros que crecían sorprendentemente cerca del agua. Había una única casa, más grande y hermosa que las que habían visto durante el trayecto. Tenía dos pisos, amplios ventanales, una terraza y una gigantesca buganvilla que decoraba la blanca fachada con sus flores violeta.

—Se nota que el doctor Kubrick aprecia a Neal Stephenson... —ironizó Úrsula admirando la construcción.

Estaban a punto de dirigirse hacia la entrada cuando oyeron los sonidos guturales de una gaviota. Sin embargo, allí no había ningún pájaro. En lugar de un ave, había un hombre subido a un cocotero agitando los brazos como si quisiera volar. Dio un salto y empezó a corretear por la arena moviendo los brazos arriba y abajo mientras graznaba como un poseso. Tenía los ojos desorbitados, y su pelo, rubio como la paja, estaba tan sucio y despeinado como un estropajo viejo.

—¿Neal Stephenson? —preguntó Úrsula sin dar crédito.

Habían pasado unos doce años desde la fotografía que habían visto en internet, y el paso del tiempo no le había sentado nada bien, pero sus rasgos eran inconfundibles.

Caminaron por la playa acercándose al tipo, aunque ni tan siquiera se percató de su presencia.

—¡Neal! —gritó Lucas—. ¡Queremos hablar contigo, Neal!

El hombre dejó de volar y se giró hacia ellos. Iba completamente desnudo salvo por unos calzoncillos blancos tipo slip, pero no parecía avergonzado de que le vieran así.

—Yo no soy Neal, soy una gaviota. ¿Es que no lo veis?

Para demostrarlo, correteó por la playa agitando los brazos y graznando.

Lucas, Rowling y Úrsula se miraron un instante sin mediar palabra, completamente pasmados.

—A veces se comporta como un niño de cinco años —dijo una voz a sus espaldas.

Era la doctora Shelley, la esposa de Neal Stephenson. Acababa de salir de la casa y se acercó hacia ellos caminando descalza por la playa. Su piel bronceada brillaba a la luz del sol, y sus movimientos cautos y elegantes le daban un aspecto felino.

—¡Neal, ven a tomarte la pastilla! —gritó.

El hacker informático resopló disgustado y se dirigió hacia ellos con la cabeza gacha, como un niño enfadado porque se ha terminado la hora del recreo.

—Cuesta creer que siga siendo uno de los mayores genios de toda la humanidad, ¿verdad? —Suspiró mientras jugueteaba con su alianza de matrimonio.

—¿Qué le ocurrió? —preguntó Lucas.

—Desarrolló un proyecto para el doctor Kubrick llamado Academia Virtual y tuvo la pésima idea de probarlo él mismo —explicó—. Las consecuencias están ante vuestros ojos...

Neal siguió caminando hacia ellos, arrastrando los pies. El pelo le caía por encima de la frente y le cubría parcialmente unos ojos idos que apenas parpadeaban.

—Vamos, Neal —le dijo la doctora con ternura—. Tienes que tomarte la pastilla y asearte un poco.

El informático asintió y cogió la mano de su esposa. El hombre se había vuelto completamente loco, y Lucas se preguntó por qué la doctora Shelley seguía colaborando con la Secret Academy después de todo aquello.

La pareja se dirigía a la casa cuando la doctora se giró una última vez.

—No deberíais haber aceptado la invitación a la Secret Academy —les dijo—. La isla Fénix es una prisión, y el doctor Kubrick solo os quiere para utilizaros. Ya veis lo que hizo con mi marido...

Úrsula aún tenía la respiración entrecortada cuando llegaron a la quinta planta de la Secret Academy. Habían tenido que regresar corriendo para llegar a tiempo, y se sentía agotada y con ganas de darse una buena ducha. Sin embargo, se olvidó del cansancio cuando se fijó en la singularidad de aquel lugar que parecía salido de una película de ciencia-ficción.

Adosados a la pared, había decenas de ordenadores, mesas de control y pantallas que confluían hacia una computadora central de grandes dimensiones. En el centro, había decenas de butacas cuidadosamente alineadas y conectadas a los ordenadores mediante cables.

Había expectación y curiosidad en el ambiente. Úrsula se fijó en que los profesores estaban algo tensos, mientras que la mayoría de los alumnos parecían contentos y relajados, animados por la novedad que se avecinaba.

«No estaríais tan felices si supieseis lo que le ocurrió a Neal Stephenson», pensó.

Asimov se abrió paso entre alumnos y profesores, y se aclaró la garganta para pedir silencio.

—Prestadme atención —ordenó—. Si el doctor Kubrick presume de tener la escuela más moderna del mundo es gracias a lo que tenéis ante vosotros: la Academia Virtual. A partir de ahora, por las mañanas tomaréis las lecciones teóricas, mientras que cada tarde os sentaréis en una de esas butacas para realizar las prácticas, donde aprenderéis veinte veces más rápido que en cualquier otro sitio.

Se oyó un murmullo de incredulidad entre los alumnos. ¿Cómo iban a hacer prácticas sentados en una butaca?

—Tranquilos, chicos, ya lo entenderéis cuando entréis en la Academia Virtual —dijo Asimov—. Debo advertiros de que este experimento es único en el mundo y de que apenas ha sido probado. Hemos invertido mucho dinero y muchos esfuerzos para hacerlo realidad. Quiero que recibáis con un gran aplauso a su creador: Neal Stephenson.

Ante la sorpresa de Úrsula, el informático surgió de entre la multitud y se colocó justo al lado de Asimov vestido con un uniforme de color gris. Su aspecto había mejorado notablemente. Por lo menos ya no iba en calzoncillos y llevaba la mata de pelo rubio color paja peinada hacia atrás. Sus ojos de pupilas dilatadas, sin embargo, no podían ocultar su locura.

—Nunca experimentaréis algo tan maravilloso como la Academia Virtual —soltó con expresión de alucinado—. No sabéis cuánto os envidio...

Úrsula vio atónita como todo el mundo le aplaudía. «No se dan cuenta de que es un demente...», pensó mientras contemplaba los rostros de sus compañeros.

—¿Está todo preparado, Neal? —intervino Asimov.

—Cuando quieras —respondió.

Entonces el jefe de estudios pronunció las palabras que Úrsula había estado esperando.

—Solicito dos voluntarios. Los que se ofrezcan tendrán el honor de inaugurar la Academia Virtual —proclamó.

—¡Yo! —gritó Martin.

Úrsula casi sintió pena por él. Le caía muy mal, pero nadie merecía acabar como el pobre Neal Stephenson. El muy estúpido sacó pecho y miró por encima del hombro a todos sus compañeros. Úrsula se fijó en que su mirada desafiante se clavaba en Lucas. Una sonrisa burlona asomó a sus labios, y pronunció unas palabras que no consiguió escuchar pero que entendió a la perfección.

—Cobarde —susurró—. Eres un cobarde, Pringado.

—¿Algún otro voluntario? —insistió Asimov.

Todo el mundo se quedó en silencio. Úrsula palpó en el ambiente el miedo que sus compañeros tenían a participar en aquel experimento y se fijó en que Lucas, con una expresión seria en el rostro, no apartaba la mirada de Martin. El muy idiota seguía tratando de provocarle y volvió a vocalizar la palabra cobarde con desdén.

«No es ningún cobarde, capullo. Solo es más listo que tú», pensó Úrsula.

Entonces se quedó petrificada ante lo que sucedió a continuación.

—¡Yo mismo! —gritó Lucas, y dio un paso hacia delante.

CAPÍTULO 13

«Ven a bailar conmigo, guapa.»

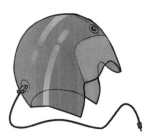

El labio inferior de Úrsula temblaba levemente, y las uñas de sus dedos, largas y pintadas de color negro, se le clavaban en la carne, porque cerraba los puños con demasiada fuerza. Sus ojos marrones, al igual que los de todos los que la rodeaban, estaban pendientes de Lucas y Martin. Los dos alumnos estaban sentados en dos butacas conectadas, mediante un complejo sistema de cables, a la computadora gigante.

«Maldito idiota... ¿Quién se cree que es?», pensó asustada.

Rowling, a su lado, pareció darle la razón con la mirada. La chica irlandesa le acarició la espalda como si quisiera transmitirle ánimo.

Los dos chicos se abrocharon un pequeño cinturón que les mantenía sujetos a las butacas siguiendo las indicaciones de Neal Stephenson. El informático emanaba mucha seguridad en sí mismo y no parecía la misma persona que una hora antes correteaba por la playa imitando los graznidos de una gaviota, como si al reencontrarse con su creación hubiese recuperado sus facultades mentales.

Neal abrió el apoyabrazos derecho de cada butaca, donde había un pequeño cajón escondido. Del interior sacó sendos cascos de un material reluciente como el cristal con dos cables que surgían de la parte trasera y se conectaban a un interruptor del apoyabrazos. Martin y Lucas se los colocaron debidamente, dejando a la vista parte de la nariz y los labios. En el centro del casco, más o menos a la altura de la frente, había un botón cilíndrico.

—Ya está. Ahora solo falta pulsar aquí, y los chicos entrarán en la Academia Virtual...

Los botones de los cascos se iluminaron de color rojo cuando Neal los pulsó, y los bordes de los cinturones que los mantenían sujetos a la butaca lanzaron destellos de una tonalidad carmesí. Los cuerpos de Lucas y Martin sufrieron un violento espasmo, y los músculos de sus cuerpos se pusieron en tensión.

Úrsula sintió angustia y cerró los puños con más fuerza. Sus uñas se clavaron en la carne y un hilillo de sangre brotó de la herida. Ni tan siquiera se dio cuenta. Estaba demasiado preocupada por Lucas como para sentir ningún dolor.

Lucas abrió los ojos y miró a su alrededor. Se encontraba en una especie de patio interior flanqueado por cuatro edificios de color gris comunicados por decenas de pasillos y empinadas escaleras sin barandilla. Había pájaros revoloteando en el cielo, una fuente y varios bancos de madera colocados a la sombra de un imponente castaño.

—¿Qué demonios es esto? —preguntó Martin mientras se colocaba un mechón de pelo rubio detrás de la oreja.

Estaba de pie a su lado, observando fascinado todo lo que les rodeaba.

—Os encontráis en el patio interior de la Academia Virtual —dijo una voz detrás de ellos.

Era Neal Stephenson, pero un Neal Stephenson diferente del que habían conocido. Su voz era serena, y sus ojos no parecían los de un demente. Además, llevaba la barba rasurada y el pelo bien peinado.

Lucas acercó la mano para tocarle el brazo, pero cuando se produjo el contacto la imagen parpadeó durante un instante.

—No soy real como vosotros —les explicó Neal—. Solo soy un holograma, vuestro guía, un programa de ordenador a vuestro servicio...

—Pues explícanos cómo funciona —le apremió Martin con impaciencia.

—Estos edificios contienen cientos de puertas. Detrás de cada una hay un programa de entrenamiento que os permitirá instruiros en múltiples disciplinas —explicó.

Lucas comprobó que era verdad. Desde el centro del patio interior se podían ver muchísimas puertas repartidas por los diferentes pisos de los edificios, todas ellas pintadas de negro y con un rótulo que explicitaba el tipo de programa que albergaban las salas. Lucas leyó algunos los los carteles: PRIMEROS AUXILIOS, NATACIÓN, ELECTRÓNICA, INTE-RROGATORIOS, DISFRACES, REMO, ASTRONÁUTICA, MECÁNICA, TIRO CON ARCO... La lista era inacabable.

—El día que me conociste querías pegarme un puñetazo —le dijo Martin—. ¿Te atreves a probar con Artes Marciales, Pringado?

Lucas vio la puerta con el rótulo, situada en el segundo piso, al pie de unas empinadas escaleras sin barandilla.

—Claro que me atrevo —respondió.

Se dirigieron hacia el programa caminando tranquilamente. Mientras cruzaban el patio interior, Lucas se preguntó cómo había acabado en la Academia Virtual arriesgando su salud mental tan estúpidamente.

«Si no hubiera sido yo, otro compañero se habría ofrecido voluntario», se dijo, pero sabía que solo era una excusa. La solidaridad hacia sus compañeros no había tenido nada que ver con su decisión. Solo Martin y su odiosa pose de fanfarrón habían conseguido herir su orgullo y arrastrarle hasta allí en contra de su voluntad.

Subieron las escaleras hasta el segundo piso y entraron en el programa de Artes Marciales. Conseguirlo era tan sencillo como abrir la puerta y cruzar el umbral.

Se encontraron en una sala de baldosas grises. Flotando en el aire había un montón de ventanas con decenas de artes marciales diferentes: judo, taekwondo, jiu-jitsu, aikido, boxeo, karate, kick-boxing, capoeira...

—Funciona como en un móvil táctil —les explicó el holograma de Neal Stephenson—. Solo tenéis que pulsar la ventana que queráis, y se abrirá el programa.

Martin pulsó la opción de karate, y súbitamente se encontraron en un tatami vestidos con kimonos blancos. Les rodeaba un jardín nevado, y Lucas sintió frío de repente. Su aliento se convirtió en vaho y notó que unos ligeros copos de nieve empezaban a caer lentamente del cielo.

«¡Alucinante! ¡Es como estar dentro de un videojuego!», pensó sin dar crédito a lo que veía y sentía. El realismo era total.

—¿Estáis preparados? —preguntó el árbitro.

Era otro holograma de Stephenson, vestido con un kimono de karate.

—Ganará el mejor de tres asaltos —les informó—. Cuando queráis.

Lucas y Martin se miraron a los ojos y adoptaron una guardia de combate. Lucas no tenía ni idea de karate, pero era un buen jugador de fútbol y tenía mucha fuerza en las piernas.

Martin le dedicó una de sus sonrisas burlonas y le tiró otro besito.

«Voy a bajarte los humos, fanfarrón», pensó Lucas.

Se abalanzó contra su oponente y cuando lo tuvo lo bastante cerca lanzó una demoledora patada contra sus costillas, pero Martin reaccionó fulminantemente. Paró el golpe con el brazo izquierdo y lanzó un puñetazo durísimo que le dio de lleno en la nariz.

Lucas cayó de bruces al suelo retorciéndose de dolor. Se llevó las manos a la cara y cuando las retiró estaban llenas de sangre.

—¡Punto para Martin! —exclamó el árbitro.

Su nariz era una masa hinchada de huesos rotos. La sangre brotó profusamente de la herida y formó un charquito rojo en el nevado tatami.

—Levántate, nenaza, aún no he terminado contigo... —escupió Martin.

En el mundo real Lucas no tenía la nariz rota, pero su aspecto no era nada tranquilizador. Parecía evidente que lo estaba pasando mal. Semitumbado en la butaca, no paraba de agitarse, como si estuviera sumido en una horrible pesadilla.

Úrsula, nerviosa, sintió el desagradable sabor del esmalte de sus uñas y dejó de comérselas.

—El ritmo cardíaco es alto en ambos alumnos, pero se mantiene en los estándares de situación de estrés —informó la doctora Shelley, pendiente de las gráficas de una pantalla.

Úrsula maldijo a la doctora. Había denunciado al doctor Kubrick por la peligrosidad de la Academia Virtual, pero no había hecho nada para impedir su inauguración, sino más bien al contrario. Sentada en una silla frente a un ordenador, colaboraba activamente en el proyecto obedeciendo todas las órdenes de Asimov.

«Hipócrita», pensó Úrsula furiosa.

Sus ojos se posaron en Neal Stephenson. El informático miró de reojo a la multitud y, tratando de disimular, se sentó en una butaca contigua a la de Lucas. Abrió el apoyabrazos derecho y extrajo el casco de cristal, dispuesto a ponérselo en la cabeza.

—¡Levántate de ahí ahora mismo! —le ordenó la doctora Shelley.

Varios profesores se acercaron a él para detenerle.

—Solo me conectaré un momentito de nada... —se disculpó Neal.

Intentó abrocharse el cinturón, pero el profesor Stoker le sujetó las dos manos, mientras Asimov le quitaba el casco y volvía a colocarlo en el interior del apoyabrazos. Lo levantaron de la butaca por la fuerza mientras Neal gritaba y forcejeaba.

—¡Soltadme! —bramó intentando deshacerse de ellos—. ¡Yo soy el creador! ¡Tengo mis derechos!

Los alumnos contemplaron atónitos la escena mientras el informático no paraba de forcejear y de escupir maldiciones.

En aquel momento Úrsula estalló.

—¡Decidnos la verdad! —gritó con todas sus fuerzas.

Su reacción fue tan contundente que incluso Neal Stephenson pareció calmarse de forma repentina. Todos los ojos se posaron en ella.

—Este hombre se volvió loco porque se conectó a la Academia Virtual —dijo señalando al informático—. Y ahora utilizáis a Lucas y a Martin como conejitos de indias para vuestro experimento...

Asimov se giró hacia ella, sorprendido. No esperaba que Úrsula tuviera aquella información, pero recuperó la compostura, y la expresión de su rostro se tornó severa.

—Aceptasteis convertiros en alumnos de la Secret Academy aun sabiendo que correríais peligros. Tuvisteis la oportunidad de regresar a casa y no lo hicisteis. Debéis asumir las consecuencias de vuestra decisión.

—Nadie nos dijo que seríamos ratas de laboratorio —le reprochó.

—Y no lo sois —aseguró Asimov—. Nuestro objetivo es salvar el mundo, y eso conlleva riesgos para todos los aquí presentes. Pero eso no significa que vuestra seguridad no nos importe. Hemos realizado muchos estudios sobre la Academia Virtual y creemos que al ser tan jóvenes no os ocurrirá nada...

—¡¿Solo lo creéis?! —exclamó Úrsula furiosa—. Voy a poner fin a esta farsa... ¿Cómo se apaga esto?

Úrsula fue directa hacia las butacas donde estaban sentados Martin y Lucas. Localizó el botón que había pulsado Neal para conectarlos a la Academia Virtual en el casco. Estaba a punto de apretarlo cuando notó que unos brazos la agarraban y la levantaban en vilo. Era Asimov. Intentó deshacerse de él, pero resultaba tan imposible como apartar a un elefante de un empujón.

—Deben ser ellos los que se desconecten... —le dijo el jefe de estudios, alarmado, dejándola otra vez en el suelo—. ¡Si lo hacemos desde fuera podríamos matarles!

—Asimov dice la verdad... —balbuceó Neal Stephenson, mientras se acercaba a ella con los ojos desorbitados y llevándose la mano al pecho—. Su corazón... Su corazón podría dejar de latir si pulsas el botón ahora...

Úrsula no confiaba en Asimov, pero Neal Stephenson la cogió de la mano suavemente y la miró con sus ojos de pupilas dilatadas.

—Su corazón... —repitió asustado.

—Ven a bailar conmigo, guapa —le retó Martin.

La nariz le escocía horrores, pero Lucas reprimió cualquier grito o mueca de dolor para no darle esa satisfacción a su rival. Cogió una toalla, se limpió la sangre de la cara y se preparó para disputar el segundo asalto.

—Si Martin gana, el combate es suyo —proclamó el árbitro.

Lucas conjuró para ganar el asalto, pero la sangre que tenía en la cara le nublaba la vista, y le costaba respirar. Martin estaba fresco como una rosa y empezó a bailar ágilmente a su alrededor. Lucas mantuvo la guardia de combate, preparado para contraatacar.

Martin apenas tardó unos segundos en lanzar su ataque. Se acercó a él y propinó una patada giratoria que Lucas consiguió esquivar por los pelos.

«Ahora o nunca», se dijo.

Con un movimiento rápido, Lucas trató de derribarlo asestándole una patada baja a la altura del tobillo, pero Martin fue veloz. Evitó su golpe dando un pequeño salto y contraatacó aprovechando que Lucas estaba agachado. Martin le cogió de la cabeza con ambas manos y le propinó un demoledor rodillazo en la boca.

—¡Los rodillazos están prohibidos en el karate! —exclamó el árbitro—. ¡Combate nulo!

Lucas se desplomó en el suelo pesadamente. Notó el sabor de la sangre en la garganta, y una violenta arcada le obligó a darse la vuelta para vomitar.

—Oh, no tenía ni idea de que los rodillazos estaban prohibidos... —se burló Martin.

Por su tono de voz, resultaba evidente que ya lo sabía.

Lucas, con el estómago revuelto, escupió en el suelo, y un par de dientes sanguinolentos cayeron encima del tatami.

—El ratoncito Pérez vendrá a visitarte esta noche... —ironizó Martin con una sonrisa de oreja a oreja—. Me parece que ya nos hemos divertido bastante, Pringado. Volvamos al mundo real.

Lucas no tuvo ánimo para contradecirle. Nunca le habían pegado una paliza como aquella, y el dolor físico era casi tan insoportable como la humillación sufrida.

Cuando salieron del programa de Artes Marciales, Lucas comprobó aliviado que su nariz estaba en perfectas condiciones y que conservaba la dentadura.

Descendieron por la empinada escalera hasta el patio interior de la Academia Virtual. Volvían a llevar su uniforme habitual con el cinturón metálico ceñido a la cintura y un botón iluminado de color rojo en el extremo izquierdo.

—¿Cómo se sale de aquí? —preguntó Martin—. ¿Me desabrocho el cinturón?

—Nunca debes hacer eso —le advirtió el holograma de Neal Stephenson—. Salir bruscamente de la Academia Virtual podría causarte la muerte por paro cardíaco. Tenéis que pulsar el botón rojo y despertaréis en el mundo real en unos treinta minutos.

Lucas ya no sentía ningún dolor físico, pero su orgullo estaba herido. La perspectiva de tener que aguantar a Martin durante media hora más en la Academia Virtual no era muy alentadora, de modo que decidió alejarse de él. Se sentó solo en un banco de madera y se dispuso a esperar. Angustiado, se preguntó si volvería a ser el mismo de siempre cuando despertara en el mundo real.

Úrsula tenía la mirada fija en el casco de Lucas. Desde hacía un buen rato la luz roja estaba parpadeando, síntoma evidente, según Asimov, de que los alumnos ya se habían desconectado y de que muy pronto volverían a despertar. La mano de Rowling le estrechó con fuerza los dedos y se sintió reconfortada. Su alegre sonrisa contagiaba optimismo, pero Úrsula no podía dejar de temerse lo peor.

—No te preocupes. No le ocurrirá nada malo —le dijo Rowling.

Úrsula asintió, pero estaba asustada. ¿De qué les había servido averiguar que conectarse en la Academia Virtual podía resultar peligroso? De nada. Ahora Lucas se exponía a enloquecer irremediablemente, tal vez a algo peor que ni tan siquiera se atrevía a imaginar.

La respuesta no tardó en llegar. Las lucecitas de los cascos se apagaron por completo, y Martin y Lucas se incorporaron de las butacas después de desabrocharse el cinturón. Úrsula sintió que se le aceleraba el corazón mientras estudiaba el aspecto de Lucas.

—¿Cómo estáis? —preguntó Asimov.

—Yo estoy de perlas; Lucas, no tanto —respondió Martin peinándose el pelo con ambas manos—. Nos hemos conectado a un programa de Artes Marciales y le he pegado una paliza que no olvidará en su vida. Estaba tan hecho polvo que ni su madre le hubiera reconocido...

Lucas bajó la cabeza avergonzado. Ya sabía que su enemigo aprovecharía lo ocurrido para humillarle públicamente. Hundido, buscó a sus dos amigas con la mirada y se dirigió hacia ellas para conseguir algo de apoyo moral. Rowling le recibió con una sonrisa, pero Úrsula estaba visiblemente enfadada, y no tuvo tiempo ni de abrir la boca. En cuanto se acercó lo bastante, Úrsula le giró la cara de un bofetón.

—¡Idiota! —le insultó.

La chica italiana le dio la espalda y se alejó. Lucas, confuso, estaba a punto de ir tras ella, pero alguien se lo impidió.

—Ya lo solucionarás luego —le dijo la doctora Shelley—. Ahora hay cosas más importantes de las que ocuparse, empezando por descartar que puedas sufrir secuelas irreparables...

—Hoy ha sido un día histórico, y la inauguración de nuestro proyecto más ambicioso permanecerá en el recuerdo de todos —proclamó Asimov encaramado en la tarima del comedor—. La doctora Shelley ha realizado un examen médico exhaustivo a los dos alumnos y ha concluido que la Academia Virtual es segura, siempre y cuando sigáis escrupulosamente el protocolo de desconexión. A partir de mañana todos deberéis conectaros cada tarde para realizar los entrenamientos que se os asignen.

Hubo aplausos generalizados. Lucas, sin embargo, no se sentía tan eufórico como el resto de sus compañeros. Todos estaban ansiosos por probar la Academia Virtual, y muchos de ellos se habían acercado a él para formularle un montón de preguntas a las que él había respondido educadamente, pero sin entusiasmo. No tenía ganas de charlar con nadie y cada vez que recordaba la paliza que le había dado Martin le invadían sentimientos de rabia e impotencia.

Y, por si con aquello no hubiera bastante, Úrsula no había vuelto a dirigirle la palabra desde el bofetón. La chica italiana, como de costumbre, se había sentado a su lado durante la cena, pero ni tan siquiera se había dignado mirarle. Todos los intentos de Lucas por entablar una conversación se habían saldado con un absoluto fracaso.

«¿Qué más puede salirme mal hoy?», se preguntó abatido.

En la tarima, Asimov retomó la palabra.

—Para celebrar el acontecimiento quiero conceder un círculo de liderazgo al primer alumno que se ha ofrecido voluntario para estrenar la Academia Virtual. Martin, por favor, acércate...

Martin se levantó de su silla repeinándose el pelo rubio y subió a la tarima erguido como un alto mando militar, saboreando con orgullo la eufórica ovación que sus compañeros del equipo del fuego le estaban dedicando. Moorcock y Quentin incluso empezaron a golpear la mesa con sus vasos, pero fue el mismo Martin quien les pidió silencio con un gesto de la mano.

El jefe de estudios prendió un círculo de liderazgo en su uniforme y le palmeó la espalda amistosamente.

—Enhorabuena —le felicitó—. Los demás deberéis esforzaros mucho si también deseáis ser recompensados. Aprovecho para anunciar ahora que cuando termine el trimestre concederé un círculo de liderazgo para los cinco mejores

alumnos en teoría y otro para los cinco mejores en prácticas. Os recuerdo que esta condecoración no solo es un reconocimiento público a vuestra labor, sino un método para elegir al alumno más aventajado, al alumno que liderará la Secret Academy. Sobre las espaldas de ese chico recaerá la responsabilidad de tomar decisiones que os afectarán a vosotros, los alumnos, a los profesores y a toda la humanidad.

Asimov se tomó un breve respiro y concluyó su discurso.

—Y ahora, ya podéis retiraros a vuestras habitaciones.

Lucas se quedó sentado en su asiento como un pasmarote, incapaz de entender aquella decisión. Él también se había ofrecido voluntario, arriesgando conscientemente su salud mental, pero no había recibido recompensa alguna.

A su alrededor, todos los alumnos empezaron a despejar el comedor para retirarse a sus habitaciones. Úrsula, siguiendo la misma tónica, ni tan siquiera le miró, mientras que Rowling fue la única que se le acercó para darle ánimos.

—No le des más vueltas —le dijo—. Seguro que todo está amañado para que Martin acabe siendo nuestro líder...

Aquella idea le puso los pelos de punta. Si ya era difícil soportar a Martin como compañero, no quería ni imaginarse el calvario que supondría tener que someterse a su liderazgo.

—¿Te vienes con nosotras? —le preguntó Rowling.

—Quiero estar solo un rato —contestó.

Lucas se levantó de la silla y abandonó el comedor tras empujar las gigantescas puertas metálicas que conducían al vestíbulo. Lo cruzó dando rápidas zancadas y salió al exterior, donde le aguardaba una noche clara, salpicada por miles de estrellas que se empeñaban en iluminar el firmamento. Caminó hasta la playa y se sentó en la arena, dejando que la brisa fresca le revolviera el pelo bajo el plácido ritmo del oleaje, pero en su interior no había lugar para sentimientos de paz y bienestar.

«No puedo permitirlo», pensó. La sola idea de imaginar a Martin dirigiendo la Secret Academy le hacía hervir la sangre, y se dijo que entrenaría y estudiaría sin descanso para evitar que semejante desastre pudiera hacerse realidad.

De repente, un ruido le apartó de sus pensamientos. Lucas se giró bruscamente y vio la silueta de un hombre acercándose hacia él con paso decidido. No le reconoció hasta que la luz de la luna alumbró fugazmente sus facciones.

—El odio y la envidia te corroen por dentro, ¿verdad? —preguntó la voz ronca de Stoker.

—Supongo que yo no soy el nieto del doctor Kubrick —replicó Lucas picado.

Stoker ni se inmutó.

—Martin es soberbio y competitivo, pero los tiene donde hay que tenerlos. Se ha ofrecido voluntario sinceramente, por propia voluntad, en cambio tú… Tú lo has hecho porque te ha provocado, por no ser menos… —le acusó—. Te ha manejado a su antojo, llevándote a su terreno, y ha demostrado más capacidad de liderazgo que tú. Martin lleva practicando karate, muai thai y kung-fu desde los seis años. Incluso a mí podría partirme la cara…

Lucas se quedó callado, escuchando.

—No dejes que el fuego te ciegue con sus llamas, que te aparte del camino de Meteora. Tu uniforme es verde y no rojo. Nunca lo olvides...

—¿Cómo voy a seguir el camino de Meteora si no sé ni lo que es? —se quejó.

—Pronto vas a descubrirlo...

—¿Cuándo? —exigió saber Lucas, harto de tanto misterio, pero, sin siquiera despedirse, Stoker volvió sobre sus pasos y le dejó solo en la playa.

RANKING LÍDER DE LA ACADEMIA

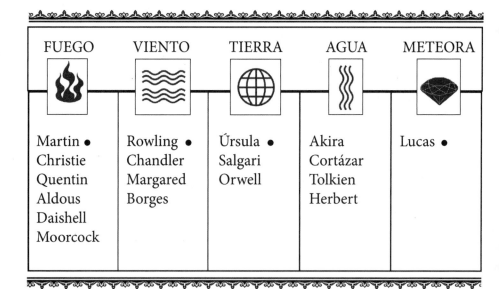

FUEGO	VIENTO	TIERRA	AGUA	METEORA
Martin •	Rowling •	Úrsula •	Akira	Lucas •
Christie	Chandler	Salgari	Cortázar	
Quentin	Margared	Orwell	Tolkien	
Aldous	Borges		Herbert	
Daishell				
Moorcock				

La habitación estaba a oscuras cuando Lucas se deslizó en el interior. Estaba agotado, pero no quería acostarse sin resolver antes sus diferencias con Úrsula. Dejó que sus ojos se acostumbraran a la oscuridad y caminó silenciosamente hasta su cama. Se sentó a los pies y miró a la chica italiana. Su cuerpo estaba inmóvil, pero gracias a la tenue luz de la luna vio que tenía los ojos abiertos.

—¿Qué quieres? —preguntó ella secamente.

—Sé que me merecía el bofetón...

—Ahora mismo podrías estar en la playa graznando como una gaviota... ¿Por qué lo has hecho? Nos has pedido que no nos ofreciéramos voluntarias y vas tú y haces lo que te sale de... de... ya sabes dónde —le reprochó Úrsula.

—Martin me ha picado, eso es todo —se disculpó Lucas—. Me he dejado llevar por la rabia...

—Estamos en un lugar peligroso y no sabemos lo que esta gente quiere de nosotros. Ahora mismo solo confío en ti y en Rowling. Tenemos que ir todos a una...

Lucas asintió en silencio. Se había dejado llevar por la pasión, y era bueno recordar que la Secret Academy era un lugar desconocido donde, por encima de todo, debían ser precavidos.

—Es tarde, y necesitamos dormir —concluyó Úrsula—. Ya hablaremos mañana.

Lucas se fue hacia su cama convencido de que aquella noche le costaría conciliar el sueño. Se quitó el uniforme mientras trataba de apartar de su mente los poco halagüeños acontecimientos que le había deparado el día y retiró las sábanas con un movimiento mecánico. Se tumbó boca arriba y notó un roce extraño en la espalda. Había algo dentro de la cama. Se incorporó fijando la vista en la oscuridad y vio una pequeña hoja de papel con algo escrito.

Lucas se levantó de la cama y fue hacia su escritorio. Encendió la pequeña lámpara de mesa y leyó la nota:

SOLO EL GUARDIÁN
DEL SABER ILUMINARÁ
EL CAMINO DE METEORA

Lucas se quedó pensativo durante unos instantes. «El profesor Stoker», pensó. Solo podía haber sido él.

CAPÍTULO 15

«Los alumnos de la acedemia tienen vedado el paso a ese programa.»

Al día siguiente, los alumnos de la Secret Academy se entusiasmaron con la Academia Virtual. La multitud de programas permitía instruirse en centenares de disciplinas distintas. Las posibilidades eran ilimitadas, y podían llevarse a cabo actividades tan variopintas como el pilotaje de un avión, el interrogatorio de un terrorista o el descenso en parapente de una montaña.

Tras cuatro horas de conexión, sin embargo, había tres alumnos que aún no habían entrado en ningún programa. Lucas, Rowling y Úrsula se habían pateado de arriba abajo la Academia Virtual, pero todavía no habían dado con lo que buscaban. Estaban cabizbajos, con los hombros hundidos, porque sus esfuerzos no se estaban traduciendo en resultados.

—Ya estoy harta —se quejó Úrsula—. Aquí dentro no hay ningún Guardián del Saber ni nada que se le parezca...

—O eso o es que no sabemos encontrarlo... —replicó Rowling.

Lucas también se sentía algo desanimado, pero aún no había desestimado la idea de que el misterioso Guardián del Saber al que buscaban se encontrara escondido entre la infinidad de pasadizos que recorrían los edificios de la Academia Virtual.

Estaban en la tercera planta de uno de los edificios, y allí no había nada interesante. Los rótulos que había en las puertas eran todos iguales: PROGRAMA EN CONSTRUCCIÓN, decían. Toda aquella parte de la Academia Virtual aún no había sido diseñada y resultaba una pérdida de tiempo seguir buscando por allí.

—No sabemos quién te dejó la nota —continuó Úrsula— ¿Y si fue el idiota de Martin?

—¿Para qué haría algo así?

—Para distraerte. Asimov va a conceder círculos de liderazgo para los cinco mejores alumnos en la Academia Virtual... Y mientras nosotros estamos buscando a un Guardián del Saber que no existe, él está practicando en los programas de entrenamiento...

Lucas no descartó que Martin hubiera concebido un plan tan maquiavélico como aquel, pero seguía pensando que el autor era el profesor Stoker. Miró hacia abajo y contempló el patio interior, presidido por el imponente castaño. Su vista recorrió los programas que había en el edificio de enfrente:

SUPERVIVENCIA, ADIESTRAMIENTO DE PERROS, SALTO EN PARA-
CAÍDAS, ALEJANDRÍA...

—¿Qué debe de ser «Alejandría»? —preguntó en voz alta.

—Era una ciudad de la Antigüedad —apuntó Rowling extrañada.

El recuerdo de una película llamada *Ágora* acudió a la memoria de Lucas de repente, como un destello de inspiración.

—La biblioteca más importante del mundo estaba en Alejandría —razonó Lucas—. El saber está en los libros, y los libros están en las bibliotecas...

—¡Claro que sí! —exclamó Rowling entusiasmada—. El Guardián del Saber es un bibliotecario. ¡Seguro que lo encontramos allí!

Tal vez solo fuera una casualidad, pero tenían que comprobarlo. Bajaron las empinadas escaleras hasta el patio interior y se dirigieron a toda prisa hacia el edificio este. No les quedaba demasiado tiempo, porque pronto tendrían que desconectarse para ir a cenar.

En menos de un minuto se plantaron delante del programa con el rótulo ALEJANDRÍA. Lucas empujó la puerta con decisión, y entraron.

—¡Increíble! —exclamó Úrsula, mirando boquiabierta a su alrededor.

Era el edificio con los techos más altos que había visto en toda su vida. Las polvorientas estanterías, repletas de libros, manuscritos y rollos de papiro, estaban llenas a rebosar y llegaban hasta el techo. Desde la entrada surgían decenas de pasillos en todas las direcciones que se perdían en la distancia, tan largos que resultaba imposible ver el final.

—La reconstrucción es espectacular —susurró Lucas admirado.

—¿Y el bibliotecario? ¡Eooo! ¿Hay alguien? —gritó Úrsula.

—¡Ya va! ¡Ya va! —contestó una voz malhumorada a lo lejos.

Los tres se giraron para ver una figura encaramada al pie de una escalera ordenando los libros de una estantería superior. Era un hombre viejo y de espalda encorvada que vestía con una túnica negra que le llegaba hasta los tobillos. Con movimientos lentos y pausados, descendió de la escalera peldaño a peldaño mientras ladeaba hacia ellos la cabeza, oculta tras una oscura capucha.

—Soy el Guardián del Saber —se presentó al acercarse hacia ellos cojeando levemente—. Estoy programado para responder a todas vuestras preguntas, para difundir el conocimiento que reside dentro de mí.

Era aún más viejo de lo que Lucas había imaginado en un principio. Sus cansados huesos parecían crujir a cada paso, y resultaba imposible ver el color de sus ojos, porque la capucha que cubría su cabeza le ensombrecía el rostro. Sin embargo, sus labios, pálidos y delgados, y las profundas arrugas que surcaban su barbilla delataban su avanzada edad.

—Preguntad lo que queráis —dijo, y entrelazó sus arrugadas manos dentro de las mangas de la túnica.

—¿Qué es Meteora? —preguntó Lucas.

—Uno de los misterios más inexpugnables de la historia de la humanidad —respondió—. Meteora aparece documentada en un manuscrito anterior al nacimiento de Jesucristo, en tiempos de Alejandro Magno. Se sabe poco acerca de Meteora, y lo poco que se sabe no ha sido comprobado científicamente...

—Hay que ver lo bien que te explicas, señor —intervino Úrsula—. Por lo que nos has contado, Meteora podría ser un pájaro africano o un afluente del Ni...

Lucas la interrumpió dándole un codazo para que se callara. Si seguía con aquel tono irónico solo conseguiría que el Guardián del Saber los mandara a paseo.

—No es ningún pájaro, jovencita, eso seguro —replicó ofendido—. Meteora es un mineral, una piedra preciosa que suponemos de un color verde muy brillante. En un antiquísimo manuscrito anónimo, escrito en tiempos de Alejandro Magno, fue descrita así: «Meteora es la belleza en sí misma. El oro es un metal basto y vulgar a su lado, y el sol parece apagado y huérfano de luz cuando brilla cerca del resplandeciente fulgor que irradia ese tesoro verde que nos enviaron los dioses».

—¿Un tesoro enviado por los dioses? —preguntó Lucas confuso—. ¿Qué opinan los científicos sobre eso?

—Hay dos teorías al respecto elaboradas en el siglo XXI —contestó el bibliotecario—. La primera es que Meteora fuera la palabra utilizada en la Antigüedad para designar piedras preciosas bien conocidas por nosotros en la actualidad como la esmeralda o la turmalina, ambas de color verde.

Como en aquellos tiempos prácticamente no existían ese tipo de joyas, sería comprensible que el autor del manuscrito exagerara un poco su belleza...

—¿Y la segunda teoría? —insistió Lucas.

—Que Meteora es un mineral extraterrenal, es decir, que no proviene de nuestro planeta sino del espacio exterior. En dicha hipótesis ese regalo de los dioses podría tratarse de la caída de un meteorito, un meteorito formado por un mineral que los antiguos griegos llamaron Meteora. En ese caso, nos encontraríamos ante una piedra preciosa totalmente desconocida para la humanidad cuyas propiedades son un auténtico enigma...

—¿Y aún no ha sido estudiada? —intervino Rowling.

—No dispongo de ningún dato que lo confirme....

—Pero el doctor Kubrick lo explicaba en su diario. Quería estudiar Meteora aquí, en la Academia Virtual —insistió la chica pelirroja—. ¿Hay algún experimento en curso?

—Hay un programa destinado a ese fin, pero los alumnos de la Secret Academy tienen terminantemente prohibido acceder a él...

La respuesta del Guardián del Saber iluminó los ojos de Lucas.

«Así que es cierto», pensó.

Necesitaba conseguir aquella información costase lo que costase. Algo le decía que solo lograría entender los propósitos secretos del doctor Kubrick si daba con ese programa.

—¿Dónde podemos encontrarlo? —preguntó.

—Repito: los alumnos de la Secret Academy tienen prohibido el acceso a ese programa...

—Ya, pero tú eres el Guardián del Saber, programado para responder a todas nuestras preguntas —le recordó Rowling—. Dime dónde está ese programa.

El viejo bibliotecario hizo una mueca de disgusto.

—Edificio norte, cuarta planta, tercer cruce, esquina derecha —respondió finalmente—. Pero mi deber es advertirle de que va a ser expulsada si entra en ese programa.

Pese a que pronunció la advertencia con una voz grave y amenazadora, Rowling la acogió con una alegre sonrisa.

—No se preocupe, ni se me ocurriría... —le aseguró, aunque Lucas sabía que su amiga no tenía la más mínima intención de mantener su palabra.

CAPÍTULO 16

«¡Bastaaaaaaaaa!»

De noche la antesala de la Academia Virtual era un lugar tan oscuro que resultaba tétrico. La única iluminación provenía de los destellos fugaces que emitían las pantallas de los ordenadores y de un par de luces de emergencia de forma rectangular que había instalada en el techo. El inquietante silencio que imperaba en la sala solo se rompía por el leve y monótono zumbido que producía el ventilador de la computadora central.

Eran la dos de la madrugada, y Lucas, Rowling y Úrsula habían salido a hurtadillas de su habitación procurando no despertar a nadie.

—Tenemos que hacerlo de noche, cuando todo el mundo esté durmiendo —había sugerido Rowling, y tanto Lucas como Úrsula estuvieron de acuerdo con ella.

Los tres se sentaron en butacas contiguas y extrajeron los cascos de cristal de los apoyabrazos. Se los colocaron debidamente en la cabeza y pulsaron el botón que les conectaría instantáneamente a la Academia Virtual.

La primera en aparecer en el patio interior fue Úrsula. Le sorprendió ver que allí también era de noche y la única luz provenía de las cuatro farolas que rodeaban el inmenso castaño. Instantes después, Lucas y Rowling aparecieron a su lado.

—Edificio norte, cuarta planta, tercer cruce, esquina derecha —dijo Lucas recordando las palabras del bibliotecario—. Veamos por qué el doctor Kubrick quiere investigar ese mineral.

Los tres se dirigieron hacia el edificio norte con paso seguro. Subieron las escaleras rápidamente hasta la cuarta planta. Las farolas apenas llegaban a alumbrar el lugar, y Úrsula sintió un escalofrío mientras recorrían aquellos pasillos de aspecto fantasmagórico. Si el tercer piso estaba lleno de puertas con un rótulo que indicaba PROGRAMA EN CONSTRUCCIÓN, el cuarto parecía completamente abandonado. Las puertas no estaban pintadas y daba la sensación de que el lugar se hallaba descuidado y sucio.

Lucas se introdujo por el tercer cruce y caminó hasta el fondo del pasillo. Le costó leer el letrero a causa de la oscuridad, pero el cartel colgado en la puerta era muy explícito: PROHIBIDO EL PASO.

—¿Os dais cuenta? —exclamó Rowling exultante—. Lo han escondido aquí arriba para que nadie pudiera encontrarlo.

«Tal vez tengan buenos motivos para ello», pensó Lucas, pero no lo dijo en voz alta.

Rowling empujó la puerta y entró. Había una antesala con otra puerta meticulosamente pintada de color negro y con un rótulo con letras blancas: METEORA.

Los tres se miraron nerviosos, con el corazón aumentando la velocidad de sus latidos. Si entraban por aquella puerta se exponían a ser expulsados de la Secret Academy, pero si no lo hacían permanecerían en la más absoluta ignorancia.

—No hemos venido hasta aquí para quedarnos delante de la puerta, ¿no? —dijo Lucas.

Y entonces entró.

Se encontraron en una amplia habitación iluminada por una luz verdosa. No había ningún tipo de mobiliario, únicamente una computadora gigante que guardaba un gran parecido con la que había en la antesala de la Academia Virtual. De repente, una ventana flotante apareció de la nada.

INICIAR EXPERIMENTO DE METEORA

Lucas la pulsó con el dedo índice, y el escenario cambió radicalmente.

Aparecieron en una especie de laboratorio científico, de paredes blancas, techos altos, estanterías llenas de tubos y aparatos que no habían visto en toda su vida. En el centro del laboratorio, encima de una bandeja había un objeto muy brillante. Los tres se acercaron para contemplarlo. Era una piedra del tamaño de un garbanzo que irradiaba una intensa luz de color verde.

—Meteora... —musitó Úrsula fascinada.

Lucas cogió el mineral y lo examinó con atención. Su tacto era cálido, y los destellos de luz que emanaba parecían brotar de su interior.

—Empiezo a creer en la teoría del meteorito caído del cielo... —admitió Lucas.

La luz que irradiaba era tan cegadora que le obligaba a mantener los ojos entrecerrados, y de repente le embargó la extraña sensación de estar sujetando algo vivo, como si en el centro del mineral hubiera un corazón latiendo.

Lucas depositó Meteora donde lo había encontrado con manos temblorosas y, al instante, una nueva ventana flotante apareció ante ellos.

PRUEBA 1. METEORA BAJO TEMPERATURA EXTREMA

Lucas pulsó la ventana y se activó un mecanismo. Uno de los artilugios, que parecía un láser, lanzó una luz roja fija hacia el mineral y, al instante, un termómetro, que indicaba la temperatura a la que estaba sometida la piedra de Meteora, empezó a subir gradualmente hasta llegar al máximo. Al cabo de unos minutos, una leve humareda de tono verdoso surgió de Meteora y se guardó en un diminuto cilindro de cristal.

—¿Y eso qué significa? —preguntó Úrsula.

—Lo único que he entendido es que si se calienta mucho Meteora sale ese gas verdoso —explicó Rowling—. Sigamos adelante.

PRUEBA 2. IMPACTO DEL GAS DE METEORA EN HUMANOS

Rowling pulsó la ventana y el escenario volvió a cambiar radicalmente. Se encontraban en el centro de un campo de fútbol con las gradas abarrotadas de gente. Lucas lo reconoció porque era el Camp Nou, el estadio del F. C. Barcelona, su equipo favorito. La vista era espectacular, y el chico se quedó embobado contemplando las más de noventa mil personas que llenaban las gradas.

—¿Y ahora qué hacemos? —preguntó Rowling, confusa.

Entonces Lucas cayó en la cuenta de que tenía un diminuto cilindro de cristal en la mano derecha. Lo miró de cerca y vio que contenía parte del gas verde que había surgido de Meteora.

—Supongo que tienes que abrir el frasco. A ver qué pasa... —dijo Úrsula.

Lucas hizo lo que le pedía, y el gas verde se disipó en el aire dejando un olor denso y desagradable. Al cabo de unos instantes el ambiente ya no olía mal y el humo verde se había difuminado totalmente. Esperaron un poco, pero nada extraño parecía ocurrir.

—¿Cuánto va a durar esta fase del experimento? —preguntó Rowling, ansiosa.

—No lo sé —respondió Lucas—. Pero ya que estamos en el Camp Nou...

La idea se le antojó apetitosa. No era más que un capricho absurdo, pero se le metió entre ceja y ceja la posibilidad de sentarse en el banquillo del Barça para sentirse, aunque fuera solo por un instante, como una de las estrellas que tanto admiraba. Echaron a andar desde el círculo central en dirección al túnel de vestuarios cuando Lucas olvidó por completo su objetivo. Algo iba mal. La mayoría de los espectadores sufrían un acceso de tos, y Lucas se fijó en unos niños que estaban sentados justo detrás de los banquillos. Estaban tosiendo compulsivamente, y uno de ellos estaba tan alterado que acababa de arrancarse la camiseta desgarrándola con sus propias manos.

—¿Qué les ocurre? —preguntó Úrsula.

Alarmado, Lucas corrió hacia las gradas. El pánico se estaba desatando por momentos. La gente del público lanzaba alaridos y se frotaba el cuerpo vigorosamente, como si un dolor les estuviera consumiendo por dentro. Caían de rodillas o se desplomaban pesadamente en medio del caos general. Lucas alcanzó la grada y cruzó la valla saltándola ágilmente, pero se quedó paralizado ante las apabullantes escenas que se desarrollaban a su alrededor. Un anciano había caído en las escaleras y escupía sangre por la boca mientras era aplastado por una mujer que sufría violentas convulsiones. Ante él, víctima de un ataque de histerismo, un niño de apenas seis años se rasgaba la cara con sus propias manos. Lucas le sostuvo los brazos para tranquilizarlo, pero no podía hacer nada para socorrerle. Sangraba a borbotones y tenía el rostro en carne viva, con la piel cayéndosele a tiras.

Angustiado, miró a su alrededor buscando algún tipo de ayuda, pero el resto de la gente se encontraba en la misma situación.

—¡Bastaaaaaaaaa! —gritó Úrsula con todas sus fuerzas.

El escenario se transformó bruscamente. Volvían a encontrarse en la sala principal, junto a la computadora gigante. Asustados, los tres habían palidecido como cadáveres y temblaban víctimas del miedo y el horror.

Lucas intentó decir algo, pero las palabras se le atragantaron.

—Solo era una simulación, eso no era real... —consiguió decir Rowling, pero tenía los labios morados, y su gesto habitualmente jovial se había transformado en una expresión de terror.

A Lucas le temblaban las piernas y tuvo que sentarse en el suelo por miedo a caer desmayado. Los tres se quedaron en silencio intentando digerir el horror que acababan de presenciar. La primera en reaccionar fue Rowling.

—Son las cinco de la madrugada. Tenemos que largarnos cagando leches —les informó.

Salieron del programa y optaron por eliminar los datos de los experimentos que habían realizado en la sección de Meteora.

—Así nadie sabrá que hemos estado aquí —dijo Rowling.

Abandonaron el programa de Meteora y pulsaron el botón que llevaban adosado al cinturón. La lucecita roja empezó a parpadear mientras bajaban hacia el patio interior, dispuestos a esperar sentados en alguno de los bancos de madera. En treinta minutos despertarían en el mundo real, donde Meteora aún no había causado estragos con su poder devastador.

«Tengo que evitar que eso pueda ocurrir algún día», pensó Lucas. No quería que nadie en el mundo tuviera que experimentar el horrible tormento que acababa de presenciar.

CAPÍTULO 17

«Debes ser expulsado por tu desobediencia.»

Lucas estaba pálido y ojeroso desde hacía dos días. Le costaba dormir por las noches y, cuando por fin lo conseguía, le asaltaba una y otra vez la misma pesadilla. Aquel niño inocente de seis años le abrazaba con fuerza entre histéricos gritos de dolor, pero no podía hacer nada por detener su sufrimiento mientras contemplaba con impotencia como la piel de su cara se deshacía como si se hubiera sumergido en ácido. El resultado siempre era el mismo. Lucas despertaba de la pesadilla bañado en sudor y con el corazón latiéndole desbocado. Tras una ducha de agua fría, prefería no meterse en la cama otra vez, porque le asustaba volver a soñar y tener que enfrentarse a la misma espeluznante experiencia.

Úrsula y especialmente Rowling no compartían su decisión, pero Lucas sentía que no podía guardarse el temible descubrimiento para sí solo.

—Habla —le instó Asimov con su voz grave y tranquila—. ¿Qué tienes que contarnos?

El despacho del jefe de estudios era sombrío, iluminado únicamente por una lámpara que dejaba en semioscuridad la mitad de la habitación. La luz incidía directamente en Lucas, de pie ante los tres adultos que le observaban severamente.

Sentados en sillas contiguas, como si pretendieran juzgarle, se encontraban el profesor Clarke, el profesor Stoker y Asimov.

—Sé que estáis investigando Meteora y también sé que su poder destructivo podría causar un gran daño a la humanidad —dijo Lucas.

Ya no había marcha atrás. Rowling le había advertido de que no debía confesar a menos que deseara ser expulsado de la Secret Academy, pero tras participar en el experimento con Meteora aquella posibilidad no le asustaba lo más mínimo. Estaba preparado para asumir las consecuencias de sus actos.

—¿Y cómo se supone que lo sabes? —le interrogó el profesor Clarke.

Lucas tragó saliva y explicó con pelos y señales todo lo que había visto, desde la conversación con el bibliotecario hasta los experimentos con Meteora en la Academia Virtual. Sin embargo, no hizo ninguna referencia a Úrsula o a Rowling. No quería que sus amigas se vieran involucradas en todo aquello.

—¿Quién más está al corriente? —preguntó Stoker.

—Nadie —mintió Lucas sin siquiera pestañear.

Un silencio pesado como una losa de mármol invadió la sala. Los profesores se miraron entre ellos, pero a Lucas le costaba ver la expresión de sus caras porque estaban en la penumbra y la luz de la lámpara le deslumbraba un poco.

—Has roto la disciplina de la Secret Academy, Lucas —sentenció finalmente el profesor Clarke—. Debes ser expulsado por tu desobediencia.

Lucas ni tan siquiera trató de abrir la boca para defenderse. Notó que las piernas le flaqueaban y que el corazón se le aceleraba.

—Sabes que no podemos hacer eso —le contradijo Asimov—. Es demasiado arriesgado dejar que se vaya de la isla sin más. Sabe demasiado...

El tono frío y calculador del jefe de estudios le puso los pelos de punta.

—Solo podemos hacer dos cosas —continuó Asimov—. La primera y más eficaz es eliminarle. De ese modo se llevaría a la tumba todo lo que sabe sobre Meteora...

Lucas no podía creer lo que acababa de oír. Una sacudida de adrenalina recorrió todos los nervios de su cuerpo. Una parte de él deseaba largarse de allí a toda prisa, pero la otra, más cerebral y sensata, sabía que no tenía escapatoria. Estaba en una isla, una prisión cercada por las aguas del océano Atlántico, y no podía huir a ninguna parte. Se quedó inmóvil, dejando su destino en manos de aquellos hombres.

—El chico ha abierto la puerta que no debía y tendrá que asumir las consecuencias, pero os recuerdo que fue el único que siguió el Camino de Meteora —intervino Stoker con su voz ronca—. Ya sé que no esperabais empezar tan pronto, pero tal vez haya llegado el momento...

Lucas no consiguió entender nada de lo que dijo y se limitó a escuchar en silencio.

—Podría ser el adecuado... —reflexionó Clarke.

«¿El adecuado para qué?», se preguntó con inquietud.

—¿Algo que decir en tu defensa, Lucas? —le instó Asimov frotándose el mentón.

Lucas percibía claramente su tono amenazador, pero no estaba dispuesto a acobardarse.

—Pensé que mi descubrimiento podía ser de vuestro interés y por eso estoy aquí, contándolo todo, pero no entiendo por qué queréis estudiar un mineral que podría convertirse en un arma tan poderosa... A no ser que vuestros objetivos no sean tan nobles como intentáis hacernos creer...

—Nuestros fines son nobles —le cortó Clarke—. No sabemos casi nada sobre Meteora, solo suposiciones y lo que tú nos has contado. Nuestro objetivo es estudiar ese mineral, entenderlo y descubrir para qué podría servirnos.

—Sospechamos que Meteora es un arma de doble filo —añadió Asimov—. En las manos equivocadas podría causar mucho daño, pero bien utilizada podría salvar a la humanidad. Por eso es muy importante que guardes un escrupuloso silencio sobre lo que ya sabes y lo que aprenderás en las próximas semanas. Si aceptas colaborar con nosotros, claro. En caso contrario...

«Me eliminaréis...», pensó Lucas.

—Es mucha la responsabilidad que se te exigirá —continuó el jefe de estudios mientras se levantaba de la silla y avanzaba hacia él—. Una indiscreción por tu parte y los secretos de Meteora podrían acabar en manos de los Escorpiones... Entonces me encargaría personalmente de que pagaras un alto precio por ese error...

Trató de mantener la compostura, pero Asimov le intimidaba con su imponente porte. Erguido ante él, se encontraba tan cerca que podía sentir su aliento.

—No lo asustes más —le pidió Stoker—. No tenemos ningún motivo para dudar de él. Huyó del barco cuando fingimos ser Escorpiones y ahora ha venido a contarnos lo que ha descubierto sobre Meteora...

—Confiamos en ti, Lucas —añadió el profesor Clarke—. Eres nuestra gran esperanza...

De repente, Lucas comprendió la situación. Los adultos no podían conectarse a la Academia Virtual porque se volvían locos, de modo que necesitaban a un chico de doce años para que realizara los experimentos.

—Creo que podemos dar por zanjada la reunión —dijo Stoker levantándose de la silla.

El profesor de geología se acercó a él y le rodeó la espalda con el brazo amistosamente, tratando de quitarle hierro a las amenazas de Asimov.

—Vamos, te acompañaré a la puerta... —le dijo.

Antes de salir del despacho, Lucas miró a Asimov de reojo. El jefe de estudios le miraba fijamente con su único ojo, de un azul cristalino gélido que helaba la sangre.

Salieron al pasillo, y Stoker cerró la puerta.

—Tu curiosidad tiene un precio, Lucas —le advirtió—. Imagino que aún ambicionas el cargo de líder. Ya veremos si eres capaz de compaginar las clases teóricas y las prácticas en la Academia Virtual con los experimentos con Meteora. Recuerda que hay dos círculos de liderazgo en juego y que necesitarás ganarlos si aspiras a superar a Martin...

—Haré lo que pueda —prometió Lucas.

Stoker le dio un golpecito en la espalda a modo de despedida y se dispuso a entrar en el despacho otra vez.

—Fuiste tú, ¿no? —inquirió Lucas—. Tú dejaste la nota dentro de mi cama...

—¿Qué nota? —preguntó Stoker extrañado.

O se le daba muy bien fingir o su profesor de geología no había tenido nada que ver con aquello, y algo le decía que se trataba de lo segundo.

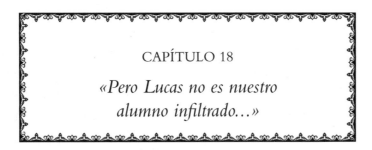

Eran las dos de la madrugada, pero todas las luces del comedor estaban encendidas. Su marido se hallaba sentado en el sofá tecleando en el ordenador portátil frenéticamente mientras escuchaba su habitual música machacona. Pese a que llevaba cascos, el volumen estaba tan alto que la doctora Shelley podía oírla desde la cocina. Llenó un vaso de agua, cogió una pequeña pastilla de color azul y se dirigió al comedor.

Neal Stephenson estaba tan concentrado que no se dio cuenta de la presencia de la doctora Shelley hasta que notó que alguien le acariciaba el pelo. Se giró bruscamente con la mirada ida hasta que identificó el rostro enjuto de su amada esposa. Entonces el pequeño susto se transformó en una afable sonrisa.

—Eres tú... —susurró mientras se quitaba los cascos.

—Tienes que tomarte la pastilla, Neal —le dijo ella con ternura.

El informático obedeció sin rechistar, abriendo la boca de par en par para que su esposa pudiera introducir la pastilla en el interior. A continuación, en un gesto mecánico que había repetido mil y una veces, cogió el vaso de agua con ambas manos y lo engulló de un solo trago.

—Es muy tarde —le dijo—. Deberías irte a dormir...

—Oh, no es posible, mi gatita —objetó—. El doctor Kubrick ha llamado. Todo ha empezado y todo son prisas ahora...

—¿Qué es lo que ha empezado? —le interrogó.

—Nada, nada... No puedo hablar, pero todo son prisas ahora... —repitió con los ojos desorbitados.

La doctora Shelley notó como su marido se tensionaba. Cada vez que le quería ocultar información se cruzaba de brazos y agachaba la cabeza.

—¿Te ha llamado para empezar la operación Meteora, tal vez? —especuló la doctora.

Neal apartó la mirada y se frotó las manos, nervioso.

«Afirmativo», pensó la doctora Shelley.

Con el tiempo había aprendido a interpretar a la perfección los gestos de su marido. Para sacarle información resultaba más útil aquello que tratar de fisgonear en su ordenador, protegido con los sistemas de seguridad más modernos del mundo.

—A veces pienso que confías más en el doctor Kubrick que en tu esposa... —le reprochó.

—Oh, no es eso, mi gatita... —se quejó—. Te quiero mucho, pero el doctor Kubrick me sacó de la prisión. Gracias a él pudimos casarnos...

«Y gracias a él has perdido la cabeza...», pensó la doctora.

—No importa, sigue trabajando, querido —le pidió.

Besó sutilmente los labios de su marido y abandonó el comedor con movimientos gráciles. Sus pisadas eran tan ligeras que no hicieron el menor ruido ni cuando empezó a subir los peldaños de madera de la escalera que conducían a la planta superior. Allí tenía su estudio, una amplia habitación repleta de estanterías que contenían miles de volúmenes sobre genética y medicina. La doctora se sentó frente al escritorio y encendió el ordenador para conectarse a internet.

Como tantas y tantas veces entró en la web *lecantoamiplanta.com* y abrió un chat privado para entablar una conversación con uno de los usuarios. A la doctora Shelley las plantas no le interesaban un comino, pero aquella web le servía como tapadera para comunicarse con su contacto.

«¿Estás ahí?», tecleó la doctora.

«Como siempre», escribió alguien al otro lado.

«Todo va sobre ruedas. El doctor Kubrick ha autorizado la operación Meteora. Los hemos pillado...»

«¿A qué alumno han elegido?»

«A Lucas. Me ocupé personalmente de ello», respondió.

«Pero Lucas no es nuestro alumno infiltrado...»

«Dejaremos que nos haga el trabajo sucio. El infiltrado actuará cuando las investigaciones sobre Meteora estén más avanzadas. Es perfecto para ello. Nadie sospechará.»

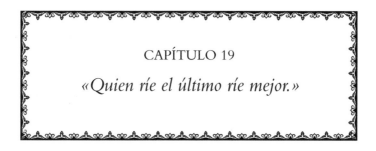

CAPÍTULO 19

«Quien ríe el último ríe mejor.»

No sabía cuánto tiempo llevaba arrodillado en el suelo de su habitación espiando por el boquete de la cerradura, pero debían de ser horas. Martin tenía las rodillas entumecidas y empezaba a sentirse como un completo imbécil cuando finalmente su persistencia obtuvo la recompensa que había estado esperando. Caminando furtivamente, como un ladrón sigiloso, vio a Lucas pasar por delante de su habitación vestido con su habitual uniforme verde Meteora.

«Lo sabía», pensó emocionado.

La madrugada del día anterior se había levantado un par de horas antes para estudiar y había oído pasos en el pasillo. En un primer lugar, le sorprendió que Pringado estuviera despierto a aquellas horas intempestivas, pero poco a poco fue atando cabos. Desde hacía casi dos meses se había dado cuenta de que Lucas tenía muy mala cara. Ojeroso y pálido, se le escapan bostezos en clase y estaba más quisquilloso y malhumorado de lo habitual. El motivo de aquel comportamiento se le estaba haciendo evidente en aquel preciso instante, mientras le veía cruzar el pasillo de las habitaciones. Lucas estaba cansado porque pasaba las noches despierto, lejos de su dormitorio haciendo...

«¿Qué era exactamente lo que hacía?», se preguntó Martin, y abrió la puerta de su dormitorio dispuesto a seguirle para averiguarlo.

Martin salió al pasillo, pero Lucas ya no estaba en su campo de visión. Se preguntó adónde podía haber ido y decidió dejarse guiar por su instinto. Silencioso como un ratón, subió hasta la quinta planta y entró en la antesala de la Academia Virtual, pero encontró el lugar completamente vacío.

«¿Dónde se habrá metido?», se preguntó frustrado cuando, de repente, oyó voces que se acercaban.

Martin se apresuró a esconderse debajo de una de las butacas, encogido como un bebé en el vientre de su madre, esperando que el tenue resplandor que emanaba de las luces de emergencia no le delatara. Se quedó inmóvil, aguzando el oído y espiando a través de una rendija, conteniendo el aliento. Ante su sorpresa, vio a Asimov y a Lucas entrar en la antesala hablando tranquilamente.

—Neal ha introducido nuevos experimentos y ajustes en el programa Meteora —dijo el jefe de estudios—. Toma...

Martin inclinó un poco la cabeza, justo a tiempo para ver que Asimov le entregaba un lápiz de memoria.

—Volveré en tres horas para recoger la información —aseguró Asimov—. No olvides guardar todos los resultados en el lápiz de memoria antes de desconectarte...

—De acuerdo —respondió Lucas.

No intercambiaron más palabras. Asimov abandonó la antesala de la Academia Virtual, y Lucas se acomodó en una de las butacas. Martin vio como se colocaba el casco de cristal en la cabeza y se abrochaba el cinturón. A continuación se conectó a la Academia Virtual.

El peligro ya había pasado, y Martin aprovechó para salir de su escondite. Asimov había asegurado que no regresaría hasta dentro de tres horas, de modo que no había nada que temer. Caminó hasta la posición de Lucas y le observó con atención. Los músculos de su cuerpo estaban tensos, y su mente, alienada, totalmente ajena a lo que ocurría a su alrededor. Martin podía escupirle en la cara o mearse encima de él, y Lucas seguiría sin enterarse de nada.

«Qué fácil sería deshacerme de ti, Pringado», pensó Martin.

Solo tenía que pulsar el botón rojo del casco, y la brusca desconexión provocaría un fallo cardíaco que llevaría a su compañero a una muerte segura. Pero Martin no había ido hasta allí para cumplir con ese objetivo. Se sentó en la butaca contigua y se apresuró a conectarse.

Al acto apareció en el patio interior de la Academia Virtual. Su mirada recorrió rápidamente el lugar hasta que localizó a una figura que subía por las escaleras del edificio norte. El uniforme de color verde que llevaba era inconfundible. Como si hubiera intuido su presencia, Lucas se detuvo

de golpe y miró hacia su dirección. Martin se ocultó tras el castaño y esperó totalmente inmóvil. Momentos después, vio como Lucas seguía subiendo escaleras arriba. Alcanzó la segunda planta y siguió subiendo.

«¿Adónde demonios va?», se preguntó confundido.

En la tercera planta no había nada interesante, solo programas en construcción. Lo más extraño fue que Lucas continuó subiendo las escaleras hasta la cuarta planta. Martin ni siquiera se había tomado la molestia de visitar el lugar porque los profesores y sus propios compañeros le habían dicho que allí arriba no había nada que hacer.

«Tal vez se equivocaban...», reflexionó.

Cuando Lucas desapareció de su campo de visión, abandonó su escondite y corrió hacia las escaleras del edificio norte. Empezó a subirlas procurando ser silencioso. En la cuarta planta no había rastro de Lucas, y ante él se extendían decenas de pasillos oscuros y desatendidos, como si nadie se hubiera tomado la molestia en arreglarlos debidamente. Trató de deducir el camino que habría tomado Lucas y deambuló por los pasillos esperando encontrar algo que le llamara la atención.

No había rastro de Pringado. Se había esfumado, como si la oscuridad se lo hubiese tragado. Inspeccionó a fondo todos los pasillos y recovecos de la cuarta planta hasta que, por casualidad, llegó al final de un pasadizo con un rótulo que le llamó la atención. PROHIBIDO EL PASO, rezaba.

«Tiene que haber entrado aquí», se dijo, pero cuando se disponía a empujar la puerta, oyó un ruido a sus espaldas que le sobresaltó. Instintivamente se giró adoptando una guardia de combate.

—No deberías estar aquí —le dijo Lucas, mientras salía de la oscuridad y se acercaba hacia él impasiblemente.

Martin maldijo su torpeza. No quería que Pringado supiera que había estado siguiéndole, pero trató de recomponerse de la sorpresa inicial.

—Ya entiendo por qué estás tan hecho polvo últimamente —soltó Martin—. Te pasas las noches conectándote en la Academia Virtual. ¿Qué hay detrás de esa puerta?

Martin señaló el misterioso y explícito rótulo que prohibía la entrada a cualquier visitante.

—No es asunto tuyo —contestó Lucas—. Lárgate de aquí ahora mismo.

Martin esbozó una sonrisa. ¿Qué se creía aquel niñato? Pringado no era nadie para darle órdenes. Él era el nieto del doctor Kubrick y el alumno más aventajado de toda la Secret Academy.

—¿Se puede saber qué rollo secreto te llevas con Asimov? —insistió Martin—. Os he visto entrar juntos en la antesala de la Academia Virtual...

—Puedes preguntárselo si quieres, pero dudo que te responda —le contestó.

Lucas se le encaró, seguro de sí mismo, como si hubiera olvidado la paliza que le había dado un par de meses antes. Martin le sostuvo aquella mirada desafiante hasta que notó un movimiento a la altura de su cintura. Retrocedió dos pasos y vio que Lucas había pulsado el botón de desconexión que llevaba en el cinturón. La luz roja parpadeante indicaba que despertaría en el mundo real en treinta minutos.

—Lárgate ahora mismo, Martin —repitió—. Si no lo haces hablaré con Asimov para contarle que te has conectado de noche en la Academia Virtual. Y sabes muy bien que está prohibido.

No le quedaba otra opción que retirarse. Si Lucas cumplía su amenaza, su impecable reputación como estudiante en la Secret Academy quedaría manchada, y necesitaba seguir siendo considerado un alumno obediente y ejemplar.

—Todo esto va a cambiar muy pronto —le amenazó—. Cuando me convierta en tu líder tendrás que contestar a todas mis preguntas y obedecerme sin rechistar.

—¿Y si al final soy yo el líder? —le retó Lucas—. ¿Qué harás entonces?

Martin apretó los dientes y cerró los puños con fuerza, pero se contuvo.

«Quien ríe el último ríe mejor», pensó.

Martin le dio la espalda y volvió sobre sus pasos, dispuesto a regresar a su habitación para dormir unas horas. Tarde o temprano encontraría el momento idóneo para colarse en la cuarta planta de la Academia Virtual y cruzar aquella puerta prohibida sin que nadie le viera. Solo era una cuestión de tiempo. Con un poco de paciencia acabaría descubriendo lo que Lucas y Asimov se llevaban entre manos.

Lucas remoloneó en la cama durante unos minutos antes de levantarse. Entre bostezos, se estiró como un león perezoso mientras la intensa luz del mediodía le recordaba que por lo menos había dormido catorce horas de un tirón.

«Me lo he ganado», pensó sin sentir ningún tipo de remordimiento.

Tras tres meses en la Secret Academy, había seguido escrupulosamente el agotador ritmo de la escuela, dando lo máximo en las clases teóricas y entrenando sin descanso en los programas de la Academia Virtual. Pero, por si con aquello no hubiera bastante, también había tenido que asumir un papel decisivo en la operación Meteora. La experiencia estaba siendo apasionante, porque los experimentos realizados les estaban llevando por caminos inauditos, pero noche tras noche había tenido que levantarse de madrugada para conectarse a la Academia Virtual con un lápiz de memoria y realizar inacabables pruebas relacionadas con el mineral. El secretismo de la operación era tal que las únicas alumnas que estaban al corriente de su participación eran Úrsula y Rowling, aunque Lucas nunca les revelaba los increíbles descubrimientos que estaban haciendo.

De un salto, se levantó de la cama y miró por la ventana. Era Nochebuena y el tiempo no había cambiado desde que habían llegado allí. En la isla seguía haciendo el mismo calor tropical del primer día.

Lucas se giró con la intención de dirigirse al baño cuando le pareció oír un leve gemido. Se acercó al habitáculo de Rowling, protegido por una mampara que lo rodeaba por completo, y sacó la cabeza por encima para mirar. Acurrucada en posición fetal dándole la espalda, Rowling estaba tumbada en su cama mirando algo similar a un pequeño trozo de cartón que sujetaba con la mano. Lucas tuvo la impresión de que estaba llorando.

—¿Estás bien? —preguntó Lucas.

Rowling se sobresaltó. Escondió precipitadamente lo que estaba mirando debajo de la almohada y se secó los ojos con disimulo.

—Estoy perfectamente —respondió con una radiante sonrisa, pero sus ojos tenían el inconfundible brillo de las lágrimas.

—¿Estabas llorando? —dijo preocupado.

—No, solo era un bostezo —se excusó—. Creo que voy a darme una ducha.

Resultaba evidente que mentía y que no le apetecía nada tratar el tema con él. Sin apenas mirarle, se levantó de la cama y se fue directamente al cuarto de baño.

Lucas se quedó de pie mirando como se alejaba sin saber qué debía hacer. Sus ojos se posaron en la cama, y su atención se fijó en aquella especie de trozo de cartón que Rowling sostenía con una mano.

«No debes hacerlo», se dijo, pero se encontró dirigiéndose hacia la cama de Rowling para descubrir su secreto.

Lucas lo cogió con cuidado y vio que no se trataba de un trozo de cartón, sino de una antigua fotografía. Estaba bastante arrugada y debía de tener un montón de años, pero aún se encontraba en buen estado. Había una pareja sonriente junto a un hermoso recién nacido rechoncho, de piel pálida y con el pelo anaranjado. El bebé debía de ser Rowling, y la pareja, con toda probabilidad, sus padres. La mujer era muy hermosa y tenía los mismos ojos verdes que ella, mientras que el padre era pelirrojo y pecoso, con una mirada tan peculiar que le llamó la atención. Lucas tenía la sensación de que ya había visto aquellos ojos de un color violeta azulado en otra parte, pero no consiguió recordar dónde.

De repente se abrió la puerta del aseo de Rowling.

—He olvidado... —empezó a decir, pero no terminó la frase.

Sus ojos verdes se clavaron en la fotografía que Lucas sujetaba con la mano derecha. Llevaba una toalla roja enrollada al cuerpo lo bastante grande para cubrir sus pechos y partes íntimas, pero demasiado pequeña como para ocultar

sus largas y estilizadas piernas. Por un instante, Lucas admiró su piel decorada por miles de pecas, algo bronceada por los meses pasados en la isla, e intuyó que su tacto debía de ser cálido y sedoso.

—¿Qué haces? —preguntó Rowling.

Lucas salió de su ensoñación, dándose cuenta de que su amiga se sentía incómoda. Sin proponérselo, sus ojos volvieron a mirar la fotografía.

—¿Son tus padres? —le preguntó.

—Es el único recuerdo que tengo de ellos —respondió Rowling cogiéndole la fotografía de las manos—. Murieron cuando yo era muy pequeña...

Lucas se quedó pasmado. Llevaba tres meses compartiendo habitación con Rowling, y aquella era la primera noticia. Tras su sonrisa despreocupada, se escondía una chica misteriosa capaz de esconder a sus mejores amigos sus sentimientos más profundos. De golpe Lucas entendió la tristeza de Rowling cada vez que él y Úrsula se conectaban a internet para charlar con sus familiares por webcam.

—¿Por qué no nos lo habías contado? —le reprochó Lucas casi sintiéndose culpable.

—Los recuerdos no son agradables —contestó mientras volvía a guardar la fotografía con sumo cuidado—. Crecí en un orfanato y tuve varias familias de acogida, pero no acabé de cuajar en ninguna...

La expresión triste de Rowling le conmovió, y mientras se preguntaba si debía abrazarla, un lejano recuerdo acudió a su mente.

Había ocurrido justo después de haber recibido la invitación de ingresar en la Secret Academy. Un hombre de pelo blanco, un forastero en su barrio había estado siguiéndole. «Vete con mil ojos, chaval», le había advertido, y Lucas no le había dado ninguna importancia hasta aquel momento. Aquel hombre tenía el pelo canoso salvo por unos mechones pelirrojos que se resistían a tornarse blancos. Pero no era el pelo lo que se le había quedado grabado en la memoria, sino aquellos ojos de un color violeta azulado tan particular. Eran tan excepcionales que le costaba creer que pertenecieran a dos personas distintas.

«No tiene sentido, su padre está muerto... ¿Cómo demonios podría estar paseándose por mi barrio?», se preguntó desechando aquella absurda idea.

El recuerdo se le fue de la cabeza cuando Úrsula irrumpió en la habitación con la respiración entrecortada y la emoción reflejada en sus ojos castaños.

—El doctor Kubrick acaba de llegar a la isla en avioneta —les informó atropelladamente—. Esta noche se concederán los círculos de liderazgo para los cinco mejores en teoría y los cinco mejores en prácticas. Pero eso no es lo mejor de todo...

Úrsula hizo una pausa, como si quisiera darle emoción a la noticia.

—Mañana habrá una gran misión en la isla, una misión real, nada de conectarse a la Academia Virtual como hasta ahora —explicó—. Servirá para demostrar que ya estamos preparados para aceptar cualquier misión que se nos encomiende y para decidir quién será nuestro líder...

Más que una cena, fue un auténtico festín. Nochebuena se celebró con ricos manjares, muchas sonrisas, buen humor generalizado y turrones y dulces a mansalva. Pese a que en la Secret Academy había alumnos y profesores que provenían de países donde no se festejaban las Navidades, aceptaron de buena gana la celebración y se sumaron al jolgorio general. El doctor Kubrick, uno de los más activos, tuvo su momento estelar cuando se marcó unos pasos de claqué encima de la mesa. Milagrosamente logró completar el baile sin romper ni un solo plato, y todos los alumnos le premiaron con una gran ovación.

Cuando terminaron de cenar, Asimov y el doctor Kubrick subieron a la tarima para dedicarles unas palabras.

—Esta es una fecha especial para muchos de nosotros, y me siento muy feliz de celebrarla aquí —empezó el director—. Os amo como si fuerais de mi sangre y me gustaría que este sentimiento fuera recíproco. Quiero pensar que habéis encontrado en la Secret Academy una segunda familia.

El tono emotivo del doctor Kubrick arrancó aplausos entre alumnos y profesores. Entonces le cedió la palabra a Asimov, el jefe de estudios.

—Felices fiestas a todos —dijo—. Estoy gratamente sorprendido por vuestro rendimiento. Sois unos alumnos excepcionales, y no hay ninguno que haya defraudado las enormes expectativas que hemos depositado en todos vosotros. Sin embargo, nos comprometimos a destacar a cinco alumnos por su labor práctica y a cinco más por sus estudios teóricos. La decisión ha sido muy difícil, pero al final tenemos un veredicto.

El comedor enmudeció por completo. Lucas miró de reojo a Martin, que parecía muy seguro de sí mismo. Estaba sentado en la otra punta de la larga mesa, rodeado por sus fieles compañeros del equipo del fuego. Lucas, tal y como era habitual, había ocupado un asiento entre Rowling y Úrsula, sus dos mejores amigas.

—Por su impresionante trayectoria en la Academia Virtual deseo destacar a cinco extraordinarios alumnos destinados a convertirse en expertos y audaces agentes. —Asimov hizo una pausa para abrir un sobre—. Por favor, que suban al escenario... ¡Christie!, ¡Úrsula!, ¡Aldous!, ¡Lucas!, y... ¡Martin!

Rowling, rebosante de felicidad, les dio un fuerte abrazo pese a que ella no había sido seleccionada. Lucas y Úrsula subieron a la tarima muy contentos, aunque se encontraron en minoría, porque los otros tres premiados pertenecían al equipo del fuego. Tanto Christie como Aldous les miraron por encima del hombro, pero por mucho que se esforzaran nunca conseguirían ser tan repelentes como Martin, que les apartó de un empujón para ser el primero en subir a la tarima. El doctor Kubrick les hizo una reverencia con su sombrero de color blanco y prendió un círculo de liderazgo en el extremo derecho de su uniforme. Martin estaba pletórico, pero no podía cantar victoria, porque tanto Lucas como Úrsula empataban con él con dos círculos de liderazgo.

Todos los premiados regresaron a sus asientos mientras recibían las felicitaciones de sus compañeros.

—Voy a pinchar en teoría. El examen de geología me fue como el culo —dijo Úrsula.

—Confiamos en ti, Lucas —añadió Rowling con una sonrisa—. Yo no estaré entre los cinco mejores ni de chiste.

Lucas no las tenía todas, pero había estudiado mucho y quería confiar en sus posibilidades.

—Solo queda condecorar a cinco cerebros privilegiados que han mostrado magníficas aptitudes para el estudio y la investigación —dijo Asimov abriendo el segundo sobre—. Los escogidos son: ¡Tolkien!, ¡Martin!, ¡Akira!, ¡Herbert!, y... ¡Lucas!

Rowling y Úrsula pegaron un salto de la silla cuando escucharon su nombre. Lucas no podía creer que lo hubiera conseguido y se dirigió hacia la tarima entre palabras de ánimo y golpecitos en la espalda.

—Vas a comerte a Martin con patatas —oyó que decía Orwell.

Pero la realidad era que los dos estaban empatados a tres círculos de liderazgo y todo estaba aún por decidir.

El doctor Kubrick volvió a obsequiar a los premiados con una reverencia y prendió un círculo de liderazgo en sus uniformes. En esta ocasión, los miembros del equipo del agua habían destacado por encima de los demás alumnos con tres premiados. Tolkien, Akira y Herbert, más bien torpes y poco dados a la acción, eran unos empollones de cuidado, aunque la pugna por el liderato quedaba indiscutiblemente entre Martin y Lucas.

Tras felicitar personalmente a los cinco elegidos con palabras de ánimo, el doctor Kubrick pidió a Martin y a Lucas que no abandonaran el escenario. El director de la academia, feliz y sonriente, se colocó entre los dos, rodeándoles la espalda con el brazo.

—Sé que estáis preparados para realizar cualquier misión que se os encomiende, algo que va a ocurrir en el próximo trimestre —dijo dirigiéndose a todos sus alumnos—. La pregunta es quién, ¿quién será vuestro líder? ¿Quién administrará vuestro inmenso talento? ¿Quién se encargará de escoger los equipos que llevarán a cabo las misiones? No tardaremos en conocer la respuesta. La prueba será dura, será peligrosa... pero mañana, uno de los dos, Martin o Lucas, asumirá el cargo.

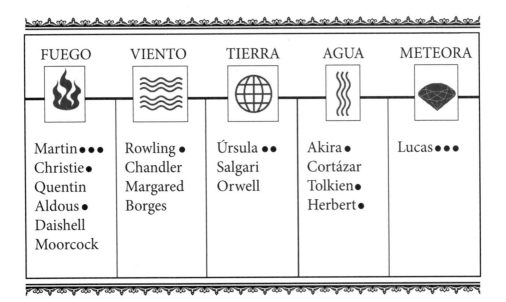

FUEGO	VIENTO	TIERRA	AGUA	METEORA
Martin ●●●	Rowling ●	Úrsula ●●	Akira ●	Lucas ●●●
Christie ●	Chandler	Salgari	Cortázar	
Quentin	Margared	Orwell	Tolkien ●	
Aldous ●	Borges		Herbert ●	
Daishell				
Moorcock				

CAPÍTULO 21

«Si sobrevives, prométeme que les dirás a mis padres que les quiero…»

La avioneta sobrevolaba la isla trazando amplios círculos en el aire. Lucas había pedido al piloto que se mantuviera en el norte, la zona más inaccesible, porque sospechaba que sería allí donde el equipo de Martin colocaría la bomba. Comprobó el detector de explosivos, un radar que les indicaría la localización exacta del artefacto, y se cercioró de que aún no registraba ninguna señal.

Lucas no podía negarlo. Estaba nervioso. Si su equipo conseguía realizar con éxito la misión, se convertiría en líder, mientras que si fracasaba Martin ocuparía aquel puesto. La perspectiva de tener que estar sometido a las órdenes de Martin casi le daba pánico.

—¡Están un poco asustados! —gritó Úrsula colocándose a su lado.

El ruido del viento y el de los motores de la avioneta les obligaba a levantar la voz para poder oírse.

Lucas comprobó que las palabras de su amiga eran ciertas. En breves minutos tendrían que tirarse en paracaídas, y sus compañeros parecían inseguros ante aquella perspectiva. Aquello no era un programa de la Academia Virtual, donde uno podía equivocarse sin lamentar las consecuencias, sino el mundo real, donde un error significaba morir aplastado contra el suelo.

El doctor Kubrick había dividido a todos los alumnos de la Secret Academy en dos grupos opuestos. El primero, liderado por Martin, estaba formado por todos los miembros del equipo del fuego y del viento y, como consecuencia, a Rowling no le había quedado más remedio que colaborar con Martin, algo que le había disgustado mucho. Su misión consistía en colocar un pequeño artefacto explosivo para que estallara en el fondo del mar, cerca de la costa.

Lucas, por el contrario, debía desactivar la bomba a tiempo y contaba con el apoyo de los alumnos con el uniforme del agua y de la tierra. Lucas les miró, apretujados en el interior de la estrecha avioneta, y vio el miedo reflejado en sus ojos. Los miembros del equipo del agua eran grandes intelectuales muy dotados para el estudio y la investigación, pero sin aptitudes para la acción. Se notaba que a la mayoría de ellos aquella misión les venía grande, pero, curiosamente, el que peor lo llevaba era Orwell, vestido con el uniforme marrón de la tierra. El pobre estaba vomitando en el interior de una bolsa de plástico y, más que pálido, su piel había cobrado un tono verde azulado que no presagiaba nada bueno. Lucas se sentó a su lado para tratar de animarle, pero pronto se dio cuenta de que aquello no le resultaría demasiado fácil.

—Moriremos todos —murmuró Orwell presa del pánico—. Si sobrevives, prométeme que les dirás a mis padres que les quiero...

Lucas vio que su estado de ánimo se estaba contagiando al resto de los miembros del equipo. De repente, Akira ya no parecía tan seguro de sí mismo, y Herbert empezó a inquietarse, comprobando una y otra vez que su paracaídas se hallara en buen estado.

—Tú no vas a saltar, Orwell —le dijo—. No debería haberte subido a la avioneta...

Tras aquellas palabras, el chico se tranquilizó un poco. Lucas estaba convencido de que era mejor perder a un miembro del equipo que exponerse a que el miedo se extendiera entre los demás.

En aquel momento el detector de explosivos marcó la localización de la bomba. Se encontraba en el mar, cerca de los acantilados del noroeste de la isla. Por suerte habían escondido una de las dos lanchas de que disponían cerca del lugar.

«Perfecto —pensó Lucas—, todo va según lo previsto.»

Contaban con treinta minutos exactos para desactivar el artefacto.

—¡Vamos, chicos! —gritó Lucas—. ¡Ha llegado el momento de saltar!

Lucas agarró con firmeza la mano de Herbert ante el vertiginoso vacío que se abría a sus pies. La chica estaba tan asustada que apenas se atrevía a abrir los ojos.

—¡No tengas miedo! —gritó Lucas—. No me apartaré de ti.

El viento rugía ensordecedoramente y soplaba con fuerza alborotándoles el pelo y dificultando su equilibrio.

—¡Ahora! —gritó Lucas.

Aferrando la mano de Herbert, saltó al vacío con decisión. Ambos abrieron los brazos y empezaron a descender. Era como recibir un chute de adrenalina. El corazón de Lucas comenzó a latir a toda velocidad y notó como se le hacía un nudo en el estómago. Volvió la cabeza fugazmente hacia arriba y vio que sus compañeros ya estaban saltando. Entre la confusión le pareció ver a Úrsula, Tolkien, Akira y Julia Cortázar en plena caída libre, y a Salgari preparándose para saltar.

Las vistas eran espectaculares, y desde allí arriba gozaba de una perspectiva privilegiada. Vio el edificio de la Secret Academy, con su silueta de aleta de delfín recortándose a lo lejos, las granjas de ganado, el inmenso volcán, la espesura de la jungla y el aeródromo. Sin embargo, no podía entretenerse contemplando el paisaje. Presionó la mano de Herbert para darle ánimos, pero la chica ni siquiera volvió la cabeza para mirarle. Estaba muy pálida y no se atrevía ni a abrir los ojos.

Lucas volvió a mirar hacia arriba. Con desesperación, se dio cuenta de que dos de sus compañeros ya habían abierto el paracaídas y que un tercero acababa de hacerlo en aquel instante.

—¡Aún no! —exclamó Lucas al tiempo que soltaba la mano de Herbert.

Lucas se ajustó el micrófono y contactó con todos sus compañeros.

—¡No abráis el paracaídas! —indicó—. Repito: no abráis el paracaídas hasta que yo lo haga...

El viento soplaba hacia el este, y la corriente de aire les llevaría hasta el corazón de la jungla, muy lejos del lugar donde habían escondido la lancha.

Cuando volvió a mirar abajo, Lucas cayó en la cuenta de que ya no estaba aferrando la mano de Herbert. La chica estaba descendiendo sin abrir los brazos, cayendo de lado a varios metros de distancia.

—¡Abre los brazos, Herbert! —gritó alarmado a través del micrófono, pero no hubo ninguna reacción.

Su cuerpo caía sin control, como un maniquí despeñándose por un rascacielos.

«Se ha desmayado», pensó Lucas con horror.

Se colocó en posición vertical y juntó los brazos, tal como había aprendido en el programa de la Academia Virtual. Empezó a reducir distancia, pero el suelo estaba cada vez más cerca.

—¡Abre el paracaídas, Lucas! ¡Por Dios, sálvate! —resonó la voz de Úrsula en sus auriculares.

Lucas se dio cuenta de que no quedaban más que unos pocos segundos para estrellarse contra el suelo y sintió que su corazón se detenía. Incapaz de respirar, consiguió asir a

Herbert por el brazo. Aunque intentó despertarla, zarandeándola con ímpetu, seguía inconsciente. Alargó el brazo para abrir el paracaídas, pero no conseguía alcanzar la palanca. Miró abajo y vio el suelo agrandándose por momentos.

—¡Sálvate, Lucas, por Dios! —insistió la voz de Úrsula.

El pánico se apoderó de él, pero consiguió entrelazar el cuerpo de Herbert con sus piernas y tiró de la palanca con decisión. Contuvo el aliento sin saber si lo había logrado. Notó una violenta sacudida justo antes de aterrizar bruscamente en el suelo.

Lucas necesitó unos instantes para asimilar que seguía vivo. Sentía su corazón a punto de estallar y se dio cuenta de que no tenía nada roto, solo algunas magulladuras. A su lado, con el paracaídas envolviéndoles como una sábana gigante, Herbert yacía inmóvil en el suelo. Tenía la piel fría y había perdido el color de la cara. Lucas le abofeteó suavemente el rostro y le buscó el pulso. Lo notó tan débil que se preparó para realizarle el boca a boca.

Cogió aire y acercó su boca a los labios de Herbert.

—¿Qué haces? —le interrumpió de repente su voz.

Herbert tenía los ojos abiertos y miraba extrañada a Lucas, sin entender demasiado bien por qué estaba a punto de darle un beso.

Rowling agarró la mano de Laura Borges, que lucía el mismo uniforme blanco del viento que ella, y subió a la embarcación con ganas de quitarse las pesadas bombonas de oxígeno que llevaba colgadas a la espalda. Aún estaba nerviosa, pero no le preocupaba la seguridad de sus amigos, dado que la bomba que Martin acababa de colocar era inofensiva, sobre todo porque estallaría dentro del agua.

«Ojalá lleguen a tiempo», pensó, esperando que al final fuera Lucas el que se convirtiera en líder.

Todos los buceadores que habían intervenido en la operación ya habían salido del agua y se estaban quitando los trajes de neopreno.

—¿Nos vamos ya? —preguntó Chandler, la encargada de pilotar la embarcación.

—Aún no —respondió Martin.

Se colocó la mano encima de los ojos a modo de visera y miró a lo lejos.

—Ya están aquí —anunció con una sonrisa de satisfacción.

La lancha se acercaba hacia ellos surcando las olas a toda velocidad. Montados en ella, se encontraban Quentin, Daishell y Moorcock, que se detuvieron justo al lado de la embarcación. Martin saltó a la lancha ágilmente y estrechó la mano de sus compañeros.

—¿Lo habéis conseguido? —preguntó.

—Por supuesto —respondió Moorcock.

Llevaban un bidón a bordo que llamó la atención de Rowling.

«¿De qué va todo esto?», se preguntó extrañada.

Martin había escogido a aquellos tres chicos para que realizaran una tarea, pero había ocultado a todos los demás lo que se proponía. Abrieron el pesado bidón y empezaron a arrojar su contenido al agua. Rowling se fijó en que se trataba de un líquido de un color rojo negruzco bastante espeso. Atónita, tardó unos segundos en darse cuenta de lo que era.

«¡Es sangre!», pensó horrorizada y de repente entendió el macabro plan de Martin.

Los tres paracaidistas trataban de redirigir su caída, pero se encontraban a merced del fuerte viento que soplaba hacia el este. Todos sus esfuerzos eran inútiles, se dirigían inexorablemente hacia la espesura de la jungla, a varios kilómetros de donde se encontraban los demás.

—Tendremos que seguir sin ellos —dijo Úrsula mientras se deshacía del paracaídas.

Lucas comprobó que era cierto. Solo les quedaban dieciocho minutos para desactivar la bomba, y no podían permitirse el lujo de esperarles. Orwell, Akira, Tolkien y Julia Cortázar estaban fuera de combate, mientras que Herbert no parecía encontrarse demasiado bien.

—¿Cómo estás? —le preguntó Lucas.

Herbert se había sentado en el suelo, un poco conmocionada aún por lo que había ocurrido.

—Me encuentro algo mareada —confesó—. Es mejor que continuéis sin mí...

Lucas asintió comprensivamente y miró a Salgari, que llegó corriendo hasta su posición. El chico, que vestía con el mismo uniforme marrón que Úrsula, parecía encontrarse en perfectas condiciones para continuar la misión.

—Tendremos que correr —les anunció.

—Pues no perdamos más tiempo —resolvió Úrsula, y abrió la marcha.

Cargados con las pesadas mochilas, echaron a correr en dirección a la costa bajo el pesado sol. En menos de dos minutos ya estaban sudando profusamente y tenían la respiración entrecortada, pero Lucas no hizo concesiones y no aligeró el ritmo en ningún momento pese a que Salgari parecía bastante apurado.

Tardaron once minutos en llegar al lugar donde habían ocultado la lancha. Apartaron el ramaje que habían utilizado para esconderla y la empujaron a toda prisa hasta el mar.

—Siete minutos —anunció Lucas casi sin aliento—. Aún tenemos posibilidades de conseguirlo...

Se montaron en la lancha a toda prisa mientras Salgari encendía el motor. En pocos segundos, la lancha ya estaba surcando las aguas del océano a toda velocidad.

—¡Tenemos que ponernos los trajes! —gritó Lucas, y empezó a desnudarse.

Los ojos de Úrsula se posaron fugazmente en el torso desnudo de Lucas. Aún no tenía vello, solo un poco debajo del ombligo. Estaba delgado, aunque los músculos se le definían muy bien, sobre todo los abdominales, que se le marcaban como tabletas de chocolate.

Se apresuraron a vestirse, pero ponerse los trajes de neopreno era una tarea lenta y tediosa que solo habían practicado en el programa de submarinismo de la Academia Virtual. Cuando Lucas terminó de calzarse los pies de pato, consultó el detector de explosivos. Estaban muy cerca. Le dijo a Salgari que detuviera la lancha y miró el cronómetro. Solo quedaban dos minutos y veinticuatro segundos para que estallara. Úrsula, sentada a su lado, también estaba preparada para sumergirse.

Salgari detuvo el motor de la lancha.

—¡Vamos, saltad! ¡Os espero aquí arriba!

Lucas y Úrsula obedecieron al instante y se sumergieron en el agua. Al acto Salgari se arrepintió de sus palabras. Intentó avisarles gritando con todas sus fuerzas, pero ya no podían oírle. Con horror acababa de ver, sobresaliendo en el agua, una aleta de tiburón.

Sumergidos en el agua, Lucas y Úrsula empezaron a bucear hasta el fondo del mar tan rápido como pudieron. Disponían de un minuto y dieciocho segundos para desactivar la bomba. Sus ojos recorrieron el lugar, buscando el explosivo ávidamente. De repente, Úrsula le hizo una señal. Había localizado el artefacto entre unas algas. Les separaban unos veinte metros y aún les quedaban unos cuarenta segundos.

Lucas se disponía a nadar en aquella dirección cuando vio el tiburón. Era un magnífico ejemplar de tiburón tigre, un depredador voraz y sanguinario que por lo menos medía cinco metros. Sintió que el pánico le dominaba cuando vio que avanzaba directamente hacia ellos, abriendo sus inmensas fauces.

Habría gritado de horror si no hubiera estado debajo del agua, y su primer impulso fue escapar, pero vio que Úrsula no se había percatado de ello y seguía buceando hacia el explosivo, camino de una muerte segura. Lucas la detuvo agarrándole del tobillo y señaló desesperadamente al depredador, que se acercaba a toda velocidad. Con horror, constató que había más tiburones a su alrededor, por lo menos eran cinco o seis, tal vez más. Les habían detectado y se dirigían hacia ellos a toda velocidad, ladeando las cabezas en su dirección y clavándoles sus ojos fríos, disputándose entre ellos el privilegio de ser el primero en darles caza.

Presas del miedo, los dos chicos empezaron a bucear en la dirección contraria, conscientes de que sus perseguidores eran infinitamente más rápidos. No había tiempo para regresar a la lancha, porque se encontraban a demasiada profundidad, pero Lucas vio una abertura en el centro de la única roca que había por los alrededores. Era su única oportunidad de seguir con vida. Buceó tan rápido como pudo sin mirar atrás, con la mirada asesina del tiburón grabada en su retina.

Lucas consiguió llegar hasta la roca y se introdujo por la estrecha abertura. Consiguió girarse y vio que Úrsula se había quedado rezagada. El tiburón le estaba ganando terreno y estaba a punto de darle alcance. Alargó el brazo para agarrar la mano de Úrsula y trató de tirar de ella, pero notó resistencia en el otro extremo, como si hubiera quedado atrapada.

Desesperado, tiró de ella con todas sus fuerzas hasta que Úrsula pasó a través de la abertura. Lo primero que pensó fue que el tiburón le había arrancado una pierna de cuajo y que se encontraría con un reguero de sangre diluyéndose en el agua, pero no fue así. Úrsula estaba de una pieza, mientras el depredador despedazaba con sus poderosas fauces uno de sus pies de pato.

La bomba explotó en aquel momento, causando un ruido sordo casi imperceptible y levantando una leve nube de arena a lo lejos, lo que convirtió en inútiles todos los esfuerzos para derrotar a Martin y apartarle del liderazgo de la Secret Academy. Seguían vivos, pero habían fracasado.

Su único consuelo era que en el interior de la estrecha abertura se encontraban a salvo y por lo menos les quedaba oxígeno para aguantar unas cuantas horas. Las necesitarían, porque los seis tiburones hambrientos que les rodeaban empezaron a nadar incansablemente a su alrededor.

Fue entonces cuando Lucas vio el aparato. Era un objeto cilíndrico metálico con una luz roja parpadeante, clavado en una grieta de la roca. Le embargó una inexplicable sensación de peligro mientras su instinto le pedía a gritos que tratara de desactivarlo. Pulsó el único botón que tenía, situado en uno de los extremos, y la luz roja dejó de parpadear al instante, dándole la sensación de que la profundidad del océano se tornaba aún más insondable...

La escalera colgaba desde la base del helicóptero y oscilaba a izquierda y derecha a merced del viento. Resultaba difícil trepar a causa del vaivén continuo, pero Úrsula era ágil y subía peldaño tras peldaño con mucha decisión.

Lucas se estaba quedando rezagado. Con la mano izquierda sujetaba el pequeño cilindro que había encontrado clavado en una grieta de la roca submarina y le impedía escalar con comodidad. Se planteó la posibilidad de arrojarlo al mar, pero se dio cuenta de que era lo bastante pequeño como para introducírselo en la boca. Lo sujetó con los dientes y empezó a subir por la escalera a buen ritmo, sin mirar hacia abajo.

Pese a que la altura era considerable, no le preocupaba la caída, porque las encrespadas olas del océano amortiguarían el golpe. Sin embargo, aún estaba fresco en su memoria el recuerdo de la media docena de tiburones amenazantes que les habían rodeado, y no le apetecía lo más mínimo tener que encontrárselos de nuevo. Úrsula y él se habían resguardado en el interior de la roca submarina durante más de dos horas, suficiente tiempo como para que los tiburones se cansaran de esperar y se fueran a otra parte a buscar comida. El miedo a volver a toparse con aquellos depredadores, sin embargo, les había retenido en su escondite hasta que la acuciante falta de oxígeno no les había dejado otra alternativa que aventurarse a salir.

Lucas vio que alguien ayudaba a Úrsula a entrar en el helicóptero y siguió subiendo. La lancha de Salgari había desaparecido, y en su lugar habían visto aquel helicóptero sobrevolando el lugar. Agitando los brazos y gritando como posesos consiguieron llamar su atención y no respiraron aliviados hasta que dejaron caer la escalera, signo inequívoco de que les habían visto y que se disponían a rescatarles.

Peldaño tras peldaño, Lucas se acercó a su destino y no pudo evitar alegrarse cuando vio el cuerpo del profesor Stoker sobresalir por la puerta del helicóptero. Aferró con fuerza su mano y entró.

—¡Buen trabajo! —gritó la voz de Stoker confundiéndose con el rugido ensordecedor del helicóptero.

Aliviado, Lucas tomó uno de los asientos, justo al lado de Úrsula. Asimov le saludó fríamente, con un leve asentimiento de cabeza, mientras que el doctor Kubrick, el encargado de pilotar el helicóptero, levantó el pulgar a modo de felicitación.

Sobrevolaron las aguas del océano y se dirigieron hacia el aeródromo de la isla para aterrizar cómodamente. Lucas había estado tan preocupado por salvar su vida que aún no se había parado a valorar las consecuencias de lo que acaba- ba de ocurrir.

«Martin será el líder», pensó angustiado mientras se pre- guntaba cómo cambiarían las cosas en la Secret Academy tras aquel giro de los acontecimientos.

A través de la ventana, mientras el helicóptero realizaba un plácido aterrizaje, Lucas contempló el diminuto aeró- dromo, formado por una única pista de aterrizaje asfaltada y una discreta torre de control. El doctor Kubrick apagó los motores, y el ruido infernal fue menguando hasta detener- se por completo. Cuando Lucas giró la cabeza se dio cuen- ta de que Asimov le estaba observando. Su único ojo, de un color azul translúcido, estaba fijo en el objeto cilíndrico que Lucas había arrancado de la grieta.

—¿De dónde lo has sacado? —le preguntó.

—Estaba escondido dentro de una roca y lo he apagado —respondió Lucas—. No sabía si debía recogerlo...

Asimov lo cogió para examinarlo ante la atenta mirada de todos los demás.

—Has hecho muy bien —sentenció—. Es tecnología Escorpión, no hay duda.

La categórica afirmación creó un silencio sepulcral en el interior del helicóptero.

—¿Para qué sirve? —preguntó finalmente Úrsula.

—Es un localizador. Nuestro enemigo lo ha colocado para

descubrir las coordenadas exactas de la isla Fénix...Y me temo que acaba de conseguirlo.

Lucas trató de valorar el alcance de aquel descubrimiento. Si aquello era cierto, la Secret Academy había dejado de ser un refugio seguro.

—¿Cómo sabes que han sido los Escorpiones? —preguntó Úrsula.

Asimov se volvió para mirarla.

—No siempre he sido tuerto —explicó con una tranquilidad que helaba la sangre—. Hace dos años los Escorpiones me interceptaron y me llevaron a uno de sus zulos secretos. Ni tan siquiera se molestaron en interrogarme. Una mujer entró en mi celda y me arrancó un ojo. Recuerdo que tenía la cara llena de sangre y que gritaba de dolor, pero aquella mujer no parecía muy impresionada. Se acercó a mí y me habló dulcemente, susurrándome al oído con una voz tierna y afable que nunca olvidaré. Me dijo que no tenía derecho a quejarme, porque aún me quedaba un ojo sano, pero que si no cumplía sus órdenes al pie de la letra la próxima vez me dejaría ciego de verdad.

—¿Qué fue lo que te pidieron? —se atrevió a preguntar Úrsula.

—Me entregaron un localizador exactamente igual que el que habéis encontrado y me dijeron que tenía que esconderlo en el fondo del mar para que nuestros radares no captaran la señal. En cuanto tuve ocasión lo destruí, pero al parecer se le encargó la misión a alguien más —reveló—. Supongo que os dais cuenta de lo que todo esto significa...

El cerebro de Lucas pensó a toda velocidad. No había mucho margen para la duda. Parecía evidente que el encargado de colocar el localizador era un Escorpión, y lo más probable era que se tratara de un alumno del equipo del fuego o del viento, los únicos que se habían sumergido en el agua para detonar el explosivo.

—Tenemos un Escorpión en casa —concluyó Asimov—. Debemos actuar con presteza y descubrir la identidad del alumno infiltrado antes de que vuelva a clavarnos su aguijón...

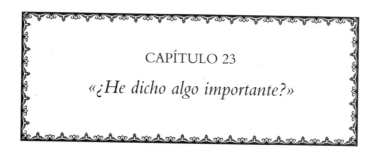

CAPÍTULO 23

«*¿He dicho algo importante?*»

La luz tenía una tonalidad dorada a aquella hora de la tarde y daba un toque resplandeciente a la amalgama de uniformes rojos, blancos, marrones y azules que se entremezclaban entre tanta agitación. Todos sus compañeros les esperaban fuera, en el exterior del edificio de la Secret Academy, excitados y montando barullo, compitiendo para colocarse en primera fila y poder ver el regreso de los supervivientes al ataque tiburón. La noticia sobre el rescate en el helicóptero había corrido de boca en boca, y la mayoría de ellos parecían contentos de volver a ver a Lucas y a Úrsula y de una pieza.

Apenas habían bajado del jeep que les había llevado hasta allí y ya les rodeaban atosigándoles entre aplausos, felicitaciones, preguntas y alguna que otra risita burlona por parte de los miembros del equipo del fuego.

—He visto los tiburones demasiado tarde... —se disculpó Salgari visiblemente afectado—. Me han ordenado que volviera a la costa, si no me habría quedado a esperar...

—Has hecho bien —le tranquilizó Lucas, pero la verdad era que estaba aturdido y paranoico, y no podía evitar mirar a todos los alumnos del equipo del fuego y del viento como posibles traidores al servicio de los Escorpiones.

Rowling le sacó de su ensimismamiento. Era la alumna que parecía más feliz de volver a verles y llenó de besos a Úrsula y le estrechó con fuerza la mano.

—Lo siento... No lo sabía... Me he dado cuenta cuando ya era demasiado tarde... —balbuceó nerviosa.

Lucas intentaba entender de qué estaba hablando cuando Martin hizo acto de aparición.

—¿Es que no vas a felicitar a tu líder, Pringado? —le espetó hinchado como un pavo real.

—Eres un maldito psicópata, Martin —le acusó Rowling, muy enfadada, y se giró hacia sus amigos para darles una explicación—. Ha cogido veinte litros de sangre de cerdo de las granjas y los ha tirado al mar cuando ya nos íbamos. Por eso había tantos tiburones.

Martin esbozó una sonrisa de satisfacción. No parecía sentirse culpable por ello, sino más bien lo contrario.

—¿Estás loco o qué? —Lucas recordó la agonía sufrida entre aquellos depredadores y sintió ganas de pegarle un puñetazo para borrar su sonrisa socarrona—. Hemos estado a punto de morir...

—No exageres, Pringado. Solo te he mandado unos pececitos para distraerte un poco... —respondió contento por su victoria.

Lucas vio que Úrsula cerraba los puños con fuerza y que la vena de su frente empezaba a hincharse.

—Vámonos de aquí —dijo Lucas tirando del brazo de Úrsula.

No resultó nada fácil, pero al final consiguieron aislarse del resto de los alumnos, que poco a poco empezaron a entrar en el edificio. Se sentaron en la playa con las piernas cruzadas y formaron un círculo. No había nadie por los alrededores, y los únicos testigos de aquella conversación serían las olas del mar que lamían y relamían una y otra vez la arena blanca.

—¿Qué es lo que pasa? —Rowling sonrió—. Estáis muy misteriosos...

—Trata de recordar —le pidió Lucas—. ¿Quién se ha sumergido en el agua para activar el artefacto explosivo?

—A ver... —dijo acariciándose los labios con el dedo índice—. Quentin, Daishell, y Moorcock se han quedado en tierra firme por lo de la sangre de cerdo y han llegado más tarde en lancha. Chandler y Laura Borges se han quedado en la embarcación. El resto nos hemos sumergido en el agua... ¿Por qué queréis saberlo?

Lucas descartó aquellos nombres y tomó nota mental de los posibles sospechosos. En total eran cinco: Martin, Christie, Aldous, Margared y Rowling. Eran los únicos que habían tenido ocasión de ocultar el localizador entre las rocas. A Lu-

cas ninguno le parecía un Escorpión, especialmente Rowling, pero el infiltrado tenía que ser uno de ellos.

—Cuéntanos con pelos y señales todo lo que has visto desde que os habéis sumergido en el agua.

—No sé... —Rowling ladeó la cabeza y se colocó un mechón de pelo detrás de la oreja—. Nos hemos puesto a buscar un lugar para esconder la bomba, pero ha sido Martin el que ha acabado decidiendo. Se ha metido dentro de la abertura de una gran roca, pero no ha debido de gustarle porque al final ha escondido el explosivo entre unas algas...

Lucas y Úrsula se miraron boquiabiertos. No había margen para el error. Ambos habían estado buceando en la misma zona, y la única roca con una abertura era la que les había servido para resguardarse del ataque de los tiburones, el mismo lugar donde habían encontrado el localizador.

—¿Quién más entró por esa abertura? —preguntó Lucas.

—Solo Martin —aseguró Rowling, y arqueó una ceja a modo de interrogación—. ¿He dicho algo importante?

Justo en ese momento, oyeron un grito a sus espaldas.

—¿Qué hacéis aquí? —gritó la profesora Verne—. Deberíais estar en el comedor... ¡Vamos! ¿A qué esperáis?

Llegaron justo a tiempo para ver como el doctor Kubrick colocaba el cuarto círculo de liderazgo en el uniforme de Martin. El alboroto era considerable, y algunos de los miembros del equipo de fuego se habían puesto de pie encima de la mesa y vitoreaban a su compañero.

—Estos idiotas han convertido en líder a un traidor Escorpión —se lamentó Úrsula ahogando la voz con rabia.

—Esto no tiene sentido —objetó Rowling—. ¿Por qué Martin traicionaría a su propio abuelo?

Martin, triunfante, levantó los dos puños como un campeón de boxeo y celebró el acontecimiento ante los eufóricos aplausos de sus admiradores.

—¡Que hable! ¡Que hable! —corearon sus compañeros.

Martin no se hizo rogar, y cuando el griterío menguó un poco lanzó un enérgico discurso.

—Soy vuestro líder y a partir de ahora tendréis que obedecerme sin rechistar —declaró mirando fijamente a Lucas—. No esperéis a un líder débil como el fracasado que intentaba ocupar mi puesto, sino a un chico fuerte y decidido que os dirigirá con mano de hierro. A partir de ahora no habrá secretos entre nosotros: pienso controlar todos vuestros movimientos...

El discurso fue recibido con aplausos, y algunos profesores y alumnos subieron a la tarima para felicitar a Martin personalmente.

—No sé por qué es un traidor, pero las pruebas son concluyentes —sentenció Lucas.

—Pero no podemos hacer nada... —se quejó Rowling.

—Claro que podemos —replicó.

Lucas se dirigió hacia la tarima, donde se había formado un gran barullo de gente. Profesores y alumnos rodeaban a Martin, exultante. Lucas localizó al profesor Stoker. Discretamente se acercó a él y le susurró al oído.

—Martin es el traidor —le reveló.

Stoker le miró con escepticismo.

—Vamos, Lucas, el traidor es cualquiera menos Martin. ¿Te has olvidado de que es el nieto del doctor Kubrick?

Lucas trató de protestar.

—Tengo pruebas que...

—¡Ya basta, Lucas! —le cortó—. Esa actitud es impropia de ti. Tienes que aceptar que Martin será tu líder, por mucho que te fastidie...

Lucas no pudo replicar, porque Stoker le dio la espalda y se alejó, dejándole completamente solo.

CLASIFICACIÓN FINAL

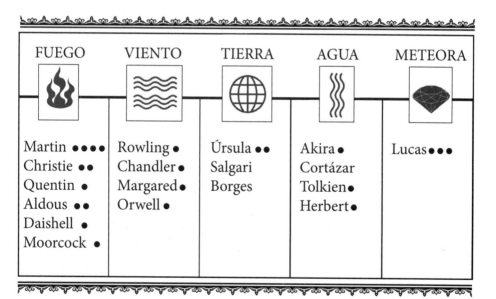

FUEGO	VIENTO	TIERRA	AGUA	METEORA
Martin ●●●	Rowling ●	Úrsula ●●	Akira ●	Lucas ●●●
Christie ●●	Chandler ●	Salgari	Cortázar	
Quentin ●	Margared ●	Borges	Tolkien ●	
Aldous ●●	Orwell ●		Herbert ●	
Daishell ●				
Moorcock ●				

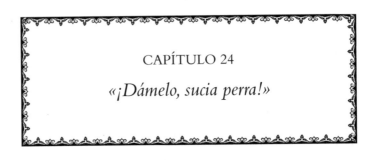

CAPÍTULO 24

«¡Dámelo, sucia perra!»

Encerrados en su habitación, Lucas, Rowling y Úrsula habían estado discutiendo durante horas. Cuanto más charlaban, más claro veían que Martin era un infiltrado Escorpión que, gracias a su reciente cargo de líder, aún resultaría más peligroso. El problema residía en cómo demostrar que era un traidor. Sin pruebas concluyentes, absolutamente nadie creería en su palabra.

—Tal vez deberíamos dormir un poco —sugirió Úrsula—. Mañana por la mañana estaremos más frescos, y ya se nos ocurrirá algo.

Parecía una buena idea. Estaban tan agotados que les costaba encontrar una solución al problema. Se desearon buenas noches, y cada uno se acostó en su cama, aislados por las mamparas, que les proporcionaban intimidad.

Lucas necesitaba dormir, pero su cabeza no paraba de dar vueltas al asunto obsesivamente. No sabía cuántas horas llevaba tumbado en la cama con los ojos abiertos cuando, de repente, se le ocurrió una idea.

«Una trampa —pensó—. Le tenderemos una trampa y así conseguiremos desenmascararle.»

Le parecía el único modo de detener a Martin. Sus amigas ya debían de estar dormidas desde hacía rato, pero decidió que valía la pena despertarlas para contarles lo que se le había ocurrido. Miró por encima de la mampara que le separaba de la cama de Rowling y no consiguió detectar ningún bulto. Extrañado, se acercó silenciosamente y palpó el colchón. Rowling había desaparecido y las sábanas estaban frías, como si la cama hubiera estado vacía durante algún tiempo.

Lucas se dirigió a los aseos y comprobó que las luces estaban apagadas y que no había nadie en el interior. A continuación, extrañado, fue hacia la cama de Úrsula. En esta ocasión, no se llevó ninguna sorpresa porque la chica italiana sí que estaba allí, completamente dormida.

—Algo pasa, Úrsula. Rowling no está en su cama... —le informó mientras la agitaba suavemente para despertarla.

Úrsula abrió los ojos y tardó unos segundos en asimilar sus palabras.

—Habrá ido a dar una vuelta... —sugirió mientras se cubría la cabeza con la almohada, aún adormilada.

—Me quedaré más tranquilo si consigo encontrarla...

Tal vez los últimos acontecimientos lo estuvieran volviendo paranoico y asustadizo, pero sabía que no podría dormirse hasta que se hubiera asegurado de que su amiga se encontraba bien.

—Vaaaaaale... —concedió Úrsula incorporándose de la cama de mala gana—. Iremos a buscarla.

Sin mediar más palabras, los dos se pusieron los uniformes rápidamente y salieron de la habitación.

—Probemos en el Aula Virtual —sugirió Lucas.

Una vez descartada aquella posibilidad, el miedo absurdo que se había apoderado de él se desvanecería por completo y podría retirarse a descansar tranquilamente. «Lo más probable es que esté dando un paseo por la playa», trató de convencerse, pero notó que su inquietud iba en aumento a medida que se acercaban al Aula Virtual.

Cuando por fin llegaron, sus dudas cobraron sentido al instante. Sentada en la última hilera, Rowling se había conectado a la Academia Virtual, pero no era la única. A su lado, con el casco cuidadosamente ajustado y el cinturón abrochado, se encontraba Martin.

—¡Mierda! —exclamó Úrsula—. ¡Tenemos que ayudarla!

Lucas y Úrsula se apresuraron a conectarse. Se sentaron en la primera butaca que encontraron, se ajustaron el casco y el cinturón, y al cabo de unos segundos ya se encontraban en el patio interior de la Academia Virtual.

A Lucas no le resultó difícil adivinar adónde habían ido.

—Si yo fuera un Escorpión...

—Te conectarías al programa de Meteora para robar toda la información —concluyó Úrsula.

Sin cruzar una sola palabra, Lucas y Úrsula subieron a toda

prisa hasta la cuarta planta. Llegaron a la puerta de Meteora e irrumpieron en el programa bruscamente.

Entraron en la habitación que contenía la computadora que almacenaba toda la información sobre los experimentos realizados por Lucas. La luz verde que la iluminaba le daba un aire fantasmal.

No estaban solos. Martin y Rowling también estaban allí, forcejeando en el suelo. La chica pelirroja intentaba deshacerse de él, pero Martin era mucho más fuerte. Había conseguido inmovilizarla y le rodeaba el cuello con el brazo, como si pretendiera estrangularla.

—¡Dámelo, sucia perra! —le gritó Martin apretando cada vez más.

La visión de Rowling en una situación tan vulnerable volvió loco de furia a Lucas. Se lanzó contra Martin y lo arrojó al suelo pegándole un puntapié en la cara. Sin darle tiempo a reaccionar, se tiró encima de él y empezó a pegarle puñetazos en la cara.

—¡Traidor! —le gritó Lucas—. ¡Ya te tenemos!

—¡La traidora es ella, idiota! —contestó Martin, intentando protegerse de los golpes.

Aquellas palabras detuvieron a Lucas por un instante. Le dolían los nudillos y se fijó que los tenía manchados de sangre. Martin había recibido una buena paliza y tenía un corte bastante profundo en el pómulo derecho.

Lucas miró a Rowling. La chica irlandesa se había puesto de pie, pero estaba encogida y temblorosa, con las dos manos tapándose la cintura.

—Que no te confunda, Lucas —dijo con la voz rota—. Le he pillado con las manos en la masa...

—Se te va a caer el pelo, Martin —soltó Úrsula—. Vas a pagar tu amistad con los Escorpiones...

—¡Os equivocáis! —gimió Martin—. La he seguido hasta este programa y ha grabado algo en un lápiz de memoria.

Su tono era tan desesperado que sembró de dudas el confundido cerebro de Lucas. Este se levantó del suelo y miró a Rowling. En su cabeza no cabía la posibilidad de que fuera una traidora, pero algo le decía que tenía que ser prudente.

—Mientes más que hablas, Martin —dijo Rowling sacando un lápiz de memoria—. Te has colado aquí para grabar todos los experimentos de Meteora...

—Ni siquiera sé qué es eso de Meteora... —aseguró Martin—. Solo que Lucas andaba metido en ese chanchullo.

—Cállate la boca —le ordenó Úrsula—. Si sigues mintiendo yo misma te pegaré...

—No estoy mintiendo —aseguró Martin secándose la sangre con la manga del uniforme—. He visto pasar a la pelirroja por delante de mi habitación y la he seguido.

Lucas se avergonzaba de ello, pero las palabras de Martin le hacían dudar de Rowling. Su tono resultaba muy convincente, aunque cuando miró a su amiga y trató de leer la verdad en sus ojos no fue capaz de detectar el más mínimo rastro de traición. Tenía que encontrar el modo de resolver aquel asunto sin ofender a nadie, velando para que la operación Meteora no corriera el más mínimo riesgo.

—Lo mejor será que yo lleve el lápiz de memoria —sentenció Lucas.

—Por fin has tenido una buena idea, Pringado —le apoyó Martin—. Vosotros no os fiáis de mí, y yo no me fío de la Pelirroja... Estamos empatados. Nos desconectaremos todos juntos y aclararemos el malentendido con Asimov...

—No irás a hacerle caso, ¿verdad? —dijo Úrsula alarmada—. Está desesperado. Solo quiere que nos peleemos entre nosotros...

Lucas miró a Rowling, encogida, con las manos cubriéndose la cintura mientras sus dedos nerviosos jugueteaban con el lápiz de memoria. Parecía sumamente dolida por su desconfianza. Sus ojos verdes se humedecieron presagiando una lágrima inminente, mientras se acercaba hacia Úrsula en busca de apoyo y comprensión.

—No puedo creerme que dudes de mí —le recriminó sollozando—. Pensaba que éramos amigos...

Úrsula se posicionó a favor de Rowling, sin ningún atisbo de titubeo o recelo en su semblante, interponiéndose entre los dos y clavando sus ojos marrones en Lucas con manifiesta hostilidad.

—Es todo teatro —soltó Martin inflexible—. Se le da bien mentir...

Lucas se dio cuenta de que si exigía el lápiz de memoria podía perder su amistad con Rowling e incluso con Úrsula, pero no podía arriesgarse. Si existía la más mínima posibilidad de que los experimentos con Meteora llegaran a los Escorpiones toda la humanidad estaría en peligro.

—Dámelo —le ordenó acercándose hacia ella.

Rowling le dio la espalda y fue hacia la puerta de salida. Lucas intentó detenerla agarrándole el brazo, pero su mano pasó limpiamente a través del cuerpo. La imagen de Rowling empezó a difuminarse, y Lucas vio que la lucecita roja que tenía en el cinturón se había apagado.

—Lo siento, chicos. No tuve elección —se disculpó Rowling.

Y entonces su cuerpo desapareció.

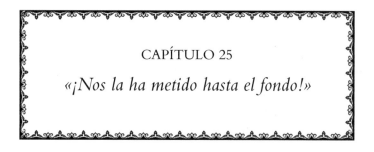

CAPÍTULO 25

«¡Nos la ha metido hasta el fondo!»

Rowling despertó en el Aula Virtual. Se desabrochó el cinturón y se quitó el casco a toda prisa. Sentados en las butacas de la sala, estaban los cuerpos de Martin, Lucas y Úrsula, aún conectados a la Academia Virtual. No tenía tiempo que perder. En treinta minutos regresarían al mundo real y darían la alarma. No podía permitirse el lujo de que la pillaran. Había dicho demasiadas mentiras y, después de todo aquello, Úrsula y Lucas no la considerarían una amiga nunca más.

Rowling abandonó la sala y bajó corriendo los dos pisos que la separaban de su habitación. Entró silenciosamente y encendió su ordenador personal.

Habían sido varios meses de una presión asfixiante, sin poder compartir sus verdaderos sentimientos con nadie. Nunca hubiera imaginado que trabajar como infiltrada pudiera convertirse en una tarea tan angustiosa y solitaria, pero al final lo había logrado. Hubiera preferido una operación más sencilla, que todo el mundo estuviera durmiendo mientras ella copiaba toda la información sobre el experimento de Meteora. A la mañana siguiente, ya no estaría en la isla, y nunca volverían a saber de ella.

No podía quitarse de la cabeza la imagen de Lucas mientras ella desaparecía de la Academia Virtual. En sus ojos había leído una decepción tan grande que le había llegado al alma.

«Aguanta, Rowling, nadie te dijo que sería fácil», se dijo para darse ánimos.

En el fondo de su corazón, sabía que no le habían dejado otra alternativa. Ellos podían proporcionarle lo único que deseaba en este mundo, y estaba dispuesta a pagar cualquier precio por ello.

Rowling se conectó a internet y abrió su cuenta de correo electrónico secreta. Buscó la dirección de su contacto Escorpión e introdujo el lápiz de memoria en una entrada de USB. En el asunto escribió: «Experimentos con Meteora en la Academia Virtual». Entonces adjuntó el archivo que había copiado en el lápiz de memoria. Era bastante pesado, y calculó que tardaría varios minutos en cargarse. Por suerte a su alrededor todo seguía tranquilo.

—¡Nos la ha metido hasta el fondo! —maldijo Martin—. ¿Cómo he podido no darme cuenta de que ya se había desconectado?

Lucas le miró sintiendo su cerebro a punto de estallar mientras decenas de recuerdos acudían a su memoria haciéndole sentirse un imbécil por no haberse dado cuenta antes. Rowling les había manejado a su antojo, haciéndoles bailar a su son como vulgares títeres, planificando delante de sus narices una traición infame. A su lado, Úrsula parecía paralizada, como si alguien le hubiera girado la cara de un bofetón y aún no hubiera acertado a entender el motivo.

—¡Tenemos que desconectarnos! —gritó Martin pulsando el botón rojo de su cinturón—. En media hora estaremos de vuelta en la realidad y la detendremos...

«No tenemos media hora», se dio cuenta Lucas.

Sabía que concederle treinta minutos a Rowling para que pudiera perpetrar impunemente su traición era un lujo que no podía permitirse, y mucho menos teniendo en cuenta todo lo que estaba en juego. Era consciente de que se trataba de una decisión drástica, pero le correspondía a él tomarla como máximo responsable de la operación Meteora.

De repente, Úrsula pareció comprender la determinación que brillaba en sus ojos y trató de detenerle.

—¡¡¡Noooooo!!! —gritó con todas sus fuerzas, pero no consiguió llegar a tiempo.

Lucas se desabrochó el cinturón y en el acto desapareció de la Academia Virtual.

Rowling golpeaba nerviosamente la mesa con las yemas de los dedos mientras el lápiz de memoria cargaba su contenido en el correo electrónico. Todo estaba preparado. Comprobó que las llaves del jeep que había robado seguían en su bolsillo y decidió que ni tan siquiera se llevaría la mochila.

Solo cogería su más valioso tesoro, la única fotografía que conservaba de sus padres. Mirarla le daba fuerzas para enfrentarse a cualquier cosa, sobre todo desde que sabía que estaban vivos. Lo había descubierto hacía apenas unos meses, cuando se lo dijo el hombre con acento británico que fue a verla al orfanato. Le dio un caramelo del doctor Kubrick y le entregó el localizador.

«Cuando cumplas tu misión vendremos a buscarte y te llevaremos con tus padres. Ni te imaginas las ganas que tienen de estar contigo...», le aseguró.

Pudo oír sus voces, tanto la de su madre como la de su padre. El hombre con acento británico marcó un número de teléfono en su móvil y se lo entregó para que pudiera charlar con ellos. La conversación no duró más que unos pocos minutos, pero siempre le entraban ganas de llorar cuando la recordaba. Los dos le dijeron que la amaban, que habían tenido que separarse de ella porque la justicia les perseguía por un delito que no habían cometido, pero que no habían pasado un solo día en su vida sin desear tenerla a su lado, sin desear abrazarla con fuerza. Muy pronto volverían a estar juntos y entonces no permitirían que absolutamente nada volviera a separarles. Aquella promesa fue tan solemne, estaba tan llena de amor que los ojos de Rowling se llenaron de lágrimas y la voz se le quebró, incapaz de formular ninguna de las miles de preguntas que martilleaban su cabeza. «Sé fuerte, mi preciosa hija. Pronto recuperaremos el tiempo perdido», susurró la voz emocionada de su madre.

Y desde entonces Rowling fue fuerte y se mantuvo firme en el propósito de recuperar a su verdadera familia. Ahora el momento con el que había soñado durante toda su vida estaba tan cerca que casi podía rozarlo con la punta de los dedos. Lucas y Úrsula habían desactivado el localizador, pero había conseguido emitir la señal durante casi una hora, tiempo más que suficiente para que sus benefactores tomaran nota de las coordenadas. Dentro de treinta minutos, un submarino la estaría esperando en el noroeste de la isla, el lugar donde lo había colocado.

«Vamos, Rowling, estás a punto de conseguirlo», se dijo para darse ánimos.

Rowling volvió a mirar la pantalla del ordenador. Faltaba muy poco. Tres cuartas partes del documento ya se habían cargado. En cinco minutos saldría de la Secret Academy y no volvería a poner los pies en aquel lugar durante el resto de su vida.

Úrsula estaba al borde del histerismo. Aún no había conseguido digerir que Rowling les hubiera traicionado y, de pronto, Lucas se desconectaba de la Academia Virtual sin previo aviso, poniendo su propia vida en peligro. Su primera reacción fue irreflexiva. No podía dejar solo a Lucas e intentó desabrocharse el cinturón, pero no lo consiguió. Martin la había agarrado por la espalda y mantenía sujetos sus brazos.

—No hagas la misma estupidez que Pringado —le dijo—. ¿Tú también quieres morir de un ataque al corazón?

—¡Déjame en paz, imbécil! —gritó Úrsula.

Martin la levantó en vilo, pero Úrsula forcejeó violentamente, pegándole patadas con los tacones.

—¡Quieta! ¡Cálmate! —le ordenó Martin con la voz rota por el esfuerzo, recurriendo a toda su fuerza para dominarla.

La respuesta de Úrsula fue un mordisco que desgarró su uniforme. La chica italiana, totalmente fuera de control, notó el sabor de la sangre en los labios y escupió en el suelo arrancando un alarido de Martin que resonó por toda la Academia Virtual. Ambos cayeron pesadamente al suelo, pero él no la soltó y en pocos segundos aplicó una técnica de judo que le permitió inmovilizarla.

—Te dejaré cuando te hayas calmado —le dijo—. Ya no podemos hacer nada por él.

Poco a poco la respiración de Úrsula se acompasó y su cabeza empezó a pensar con frialdad. Martin era rematadamente imbécil, pero no tenía ninguna culpa de lo que había ocurrido. Además, ya no tenía ningún sentido intentar seguir los pasos de Lucas. Se había sacrificado por ellos, y desabrocharse el cinturón en aquel momento sería convertir su acto heroico en una estupidez.

—Ya estoy tranquila.

Su voz sonó serena y relajada mientras todos los músculos de su cuerpo se destensaban. Al notarlo, Martin dejó de inmovilizarla y se sentó en el suelo. Tenía la dentadura de Úrsula marcada en el antebrazo y el pómulo izquierdo abierto por los puñetazos de Lucas.

—Esto de ser el líder de la clase no me sienta nada bien —dijo—. Me habéis pegado una buena paliza...

Úrsula no tenía ganas de reírse, pero la broma le arrancó una sonrisa amarga.

—Te debo una disculpa —admitió—. Rowling nos ha hecho creer que eras un Escorpión. Imagino que todo era mentira...

Martin asintió con la cabeza.

—Supongo que todo esto de Meteora debe de ser algo gordo, ¿no? Dudo mucho que Lucas pusiera en peligro su vida si no fuera importante...

A Úrsula se le atragantaron las palabras. No quería mostrarse débil delante del fanfarrón de Martin, pero los ojos se le llenaron de lágrimas y empezó a sollozar desconsoladamente.

Lucas nunca había sentido un dolor tan agudo. Se llevó la mano al pecho y trató de coger aire. Tenía las extremidades rígidas y apenas podía sentir los latidos de su corazón al bombear sangre. En la Academia Virtual había sufrido horribles mutilaciones durante los entrenamientos, pero nada podía compararse con aquel dolor. Por un momento, deseó que todo acabara allí. Cerrar los ojos y sentir que por fin podía descansar, pero su conciencia no se lo permitía. Había participado en los experimentos y sabía demasiado bien lo

que aquel mineral podía hacer si era utilizado con fines malvados.

Lucas hizo acopio de todo su valor y consiguió levantarse de la butaca. Renqueando, se puso en pie y salió del Aula Virtual. Sentía que su corazón estaba dejando de latir y lo presionó con ambas manos. Intentó gritar, aunque ni el más leve sonido brotó de su garganta. Tenía que avisar, alertar a todo el mundo de que Rowling era una traidora, pero una tranquilidad absoluta reinaba en la Secret Academy. Nadie parecía darse cuenta del peligro que todos corrían.

Las piernas le temblaban, y cada paso era un auténtico suplicio, pero arrastró los pies hasta el ascensor de la planta y logró pulsar el botón de un manotazo. Cuando las puertas se abrieron, tuvo la tentación de sentarse en el suelo para descansar un poco, pero le dio miedo. Temía no ser capaz de levantarse otra vez.

Apenas le quedaban fuerzas cuando consiguió alcanzar el pasillo de las habitaciones. Caminó cojeando, arrastrando la espalda contra la pared y sujetándose el corazón con las dos manos. Paso a paso empezó a acercarse a su habitación...

En unos pocos segundos la descarga se completaría. Rowling aguzó el oído, tensa, pero no le pareció percibir ningún ruido.

«Documento cargado», anunció el ordenador.

Lo había conseguido. Pulsó la tecla «Enviar», y el correo electrónico llegó instantáneamente a su destinatario. Ni tan siquiera se molestó en cerrar el ordenador. Se puso en pie rápidamente y se dirigió hacia la puerta...

Lucas no era más que una figura tambaleante, una sombra demacrada que se arrastraba penosamente por el pasillo. Consiguió llegar hasta su habitación y empujar la puerta tras un esfuerzo titánico.

Le costaba enfocar, pero sus ojos se posaron en la pantalla del ordenador de Rowling. Aún estaba encendida. Trató de leer lo que ponía, pero las letras se movían arriba y abajo, a derecha e izquierda, como si de improviso hubieran decidido ponerse a bailar. Cogió aire con dificultad y dio tres pasos. Apoyó la mano encima del escritorio para no caerse al suelo y fijó la vista en la pantalla. Pese a que las letras seguían moviéndose, esta vez fue capaz de leerlas: «Mensaje enviado». Entonces Lucas supo que había llegado demasiado tarde.

Su cara tenía una palidez extrema, con un tono grisáceo que recordaba al de un cadáver. Sintió una punzada en el corazón, muy aguda, muy profunda. Una horrible mueca le deformó el rostro, y puso los ojos completamente en blanco. Entonces cayó de rodillas, y su cuerpo se desplomó pesadamente en el suelo.

EPÍLOGO

El sol, bañado en fulgores rojizos, parecía surgir de las profundidades del océano. Sus destellos resplandecientes iluminaban el pelo de Rowling y le daban un brillo ígneo. La chica irlandesa estaba sentada entre las rocas de la playa desde hacía algunas horas. Tenía la mirada perdida en el mar, esperando ver un periscopio emerger de entre las aguas, pero el momento aún no había llegado.

En lugar de ello, oyó el inconfundible motor de un jeep a sus espaldas. Una breve mirada de reojo le bastó para reconocer a la doctora Shelley. Escuchó como detenía el vehículo, cerraba la puerta y se acercaba hacia ella con pasos tranquilos. Su voz sonó natural.

—No va a venir nadie —la informó.

Rowling sintió ganas de llorar.

—¿Y qué voy a hacer ahora? Todo el mundo me odiará...
—sollozó.

—Solo al principio —dijo la doctora Shelley—. Les convencerás de que te han utilizado, de que se han aprovechado de tus sentimientos y de que estás profundamente arrepentida. Tarde o temprano volverán a confiar en ti.

—Solo quiero volver con mis padres... —dijo con los ojos llenos de lágrimas.

—Lo sé —respondió fríamente—. Y lo conseguirás si haces lo que te pidan.

Rowling se abrazó las rodillas, acurrucada como un indefenso bebé.

—No podré volver a mirar a Lucas a la cara...

—No tendrás ese problema —respondió—. Se ha desconectado de la Academia Virtual para intentar detenerte.

Rowling no podía creérselo. La situación se había convertido en una horrible pesadilla.

—¿Y como está? —preguntó angustiada—. ¿Está m...?
Ni siquiera tuvo agallas de pronunciar la fatídica palabra.

ÍNDICE